어느 하루

피란델로 단편 선집

어느 하루

피란델로 단편 선집

루이지 피란델로 지음
정경희 옮김

BUONbooks

차 례

미차로의 까마귀　7
또 다른 아들　15
달의 저주　50
항아리　64
주여, 저들을 편히 쉬게 하옵소서!　81
어느 하루　94
어머니와의 대화　103
유모　116
침묵 속에서　161

옮긴이 말　197

미차로의 까마귀

어느 날, 미차로의 절벽을 타던 한가한 양치기들이 둥지에서 평화롭게 알을 품고 있는 큰 까마귀 한 마리를 발견했다.

"멍청한 놈아, 뭐 하냐? 이것 좀 보게들! 이 멍청한 놈이 제 암컷을 대신해 알을 품고 있네그려!"

그러자 까마귀가 깍깍 큰 소리로 울어댔다. 하지만 양치기들은 아랑곳하지 않고 종일 까마귀를 괴롭혔다. 그들 중 한 명이 까마귀를 잡아 마을로 내려왔다. 다음 날 그는 이 까마귀로 정작 무엇을 해야 할지 몰라 기념으로 까마귀 목에 청동방울을 달아주고는 자유로이 풀어주었다.

"자, 훨훨 날아가거라!"

방울을 달고 있는 게 어떤 느낌인지는 이 까마귀만이 알 것이다. 까마귀가 자신의 날갯짓에 몸을 맡기고 여유롭게 비행하는 걸 보니 꽤나 즐기는 것 같았고, 둥지와 암컷은 이미 까맣게 잊은 듯했다.

"딸랑딸랑딸랑."

몸을 웅크리고 밭일에 열중이던 농부들이 그 소리를 듣더니 허리를 쭉 펴고 햇볕이 쨍쨍 내리쬐는 끝없는 평야를 여기저기 둘러봤다.

"무슨 소리지?"

바람 한 점 불지 않는데, 도대체 어느 먼 교회로부터 이곳까지 축제 종소리가 들린단 말인가. 그들은 까마귀가 공중에서 내는 소리라고 상상조차 못했다.

'귀신이다!'

아몬드 관목에 거름을 치려고 농장에서 홀로 웅덩이를 파던 치케가 생각했다. 그러고는 서둘러 성호를 그었다. 그는 귀신의 존재를 믿었다. 어느 날 농사일을 끝낸 치케가 집에 늦게 돌아가면서, 귀신의 집이라 소문난 가마터 큰길에서 귀신이 자신을 부르는 소리를 듣기도 했다. 귀신이 부르다니? 어떻게? "치케야! 치케야!" 이렇게 부르는 소리를. 치케는 눌러쓴 모자 밑으로 머리가 쭈뼛쭈뼛 섰다.

멀리서 들리던 그 방울 소리가 가까워지더니 다시 멀어졌다. 주변엔 개미 한 마리 없었다. 미동도 없는 평원과 초목들의 고요가 그의 공포를 더욱 깊게 했다. 잠시 후, 그는 점심 식사로 이른 아침 집에서 싸온 빵 반쪽과 양파 하나를 가지러 갔다. 그런데 일터에서 멀리 떨어진 올리브 나무 가지에 점퍼와 같이 걸어둔 배낭 속에는 양파만 고스란히 있고 빵 반쪽은 감쪽같이 사라져 있었다! 그리고 이런 일은 며칠 동안 세 번이나 일어났다.

그러나 치케는 아무에게도 이 일을 말하지 않았다. 귀신의 표적이 된 사람이 불평하면 해코지를 당하기 때문이다. 그렇게 되면, 귀신은 그 사람을 조종해 지금보다 더한 해를 끼칠 것이었다.

일을 하고 집에 돌아온 그에게 아내가 왜 그런 얼빠진 얼굴이냐고 물었다.

"몸이 안 좋아."

잠시 후, 게걸스레 스프 두세 그릇을 비운 그를 지켜보던 아내가 말했다.

"아프다더니 먹긴 엄청 먹네!"

"먹지, 그럼!"

아침부터 굶은 데다 아무에게도 그 일을 터놓고 말할 수 없어 더더욱 화가 난 치케가 투덜댔다.

며칠 후, 방울 소리를 울리며 날아다니는 좀도둑 까마귀의 정체가 온 마을에 알려졌다. 그동안 불안에 떨던 농부들은 그 소식에 껄껄 웃고 넘어갔지만, 치케는 그럴 수 없었다.

"두고 보자. 내가 다 갚아줄 테니."

그는 다짐하듯 말했다.

그래서 뭘 했느냐. 치케는 배낭 속에 빵 반쪽, 양파와 함께 마른 잠두콩 네 알과 실 네 줄을 넣었다. 그는 농장에 도착하자마자 당나귀 등에서 안장을 내리고 남은 작물 지푸라기를 먹이려고 당나귀를 한쪽으로 몰았다. 치케는 농부들이 흔히 그러듯 당나귀에게 말을 건네곤 했다. 그러면 당나귀는 이쪽

저쪽으로 두 귀를 쫑긋 세우고 대답이라도 하듯 가끔씩 콧바람을 내뿜었다.

"나귀야, 저리 가 있어."

그날도 치케는 당나귀에게 말했다.

"두고 봐. 엄청 재미날 테니까!"

그는 잠두콩에 구멍을 내 네 갈래의 실을 각각 잇고 안장에 묶은 후 내려놓은 배낭 위에 잠두콩을 두었다. 그런 뒤 괭이질을 하러 갔다.

한 시간이 지나고, 두 시간이 지났다. 치케는 이따금 공중에서 방울 소리가 들리는 듯하여 일을 멈추고 허리를 꼿꼿이 세워 귀를 기울이곤 했다. 하지만 까마귀는 보이지 않았고, 그는 다시 괭이질을 했다.

점심때가 되었다. 빵을 먹으러 갈지 아직 좀 더 지켜 볼지 주저하던 치케는 결국 자리에서 일어났다. 하지만 때를 기다리며 고스란히 자리를 지키는 배낭을 보자 포기하고 싶지 않았다. 바로 그때, 멀리서 방울 소리가 들렸다. 그는 고개를 들었다.

"왔구먼!"

그는 흥분돼 숨을 죽이고 몸을 숙인 채 그 자리를 떠나 저만치 가서 숨었다.

그러나 까마귀는 방울 소리를 즐기기라도 하듯 하늘 높이 빙빙 돌 뿐 도무지 내려오지 않았다.

'날 보고 저러나 보다.'

치케는 생각했다. 그리고 자리에서 일어나 더 멀리 숨으러 갔다.

하지만 까마귀는 계속 높이 날기만 할 뿐 내려올 기미가 보이지 않았다. 치케는 배가 고팠다. 하지만 까마귀에게 질 수 없어 다시 괭이질을 시작했다. 아무리 기다리고 기다려도 까마귀는 일부러 그러듯이 더 높이 날기만 했다. 굶어 죽을 지경인데 코앞의 빵을 건들지도 못하는 상황이라니! 그는 점점 지쳤지만 끈질기게 참고 견뎠다.

"내려올 게야! 너도 배가 고프지 않으냐!"

그러자 까마귀가 방울 소리로 심술궂게 대답하는 것 같았다.

"너도 못 먹고 나도 못 먹지! 너도 못 먹고 나도 못 먹지!"

그렇게 하루가 다 지났다. 지친 치케는 잠두콩이 신제품 장식처럼 달려있는 안장을 정리하며 당나귀에게 화풀이했다. 잔뜩 화가 난 그는 집으로 돌아가는 길에 종일 고문과도 같았던 빵을 마구 뜯어 먹었다. 빵을 입에 넣을 때마다 손아귀에 잡히지 않는 까마귀 때문에 마구 욕설이 튀어나왔다.

'제기랄, 도둑놈. 배신자.'

그러던 다음 날, 치케는 드디어 까마귀를 잡는 데 성공했다.

전날처럼 잠두콩을 준비해놓고 일을 시작한 지 얼마 안 돼, 치케는 시끄럽게 울려대는 방울 소리와 함께 날개를 퍼덕거리며 깍깍 죽을 듯이 소리를 질러대는 울음소리를 들었다. 그는 서둘러 달려갔다. 주둥이 밖으로 나온 잠두콩 실은 까마귀의 목구멍을 조이고 있었다.
"아하, 속았냐?"
그는 까마귀의 날개를 움켜쥐고 소리쳤다.
"그래, 잠두콩 맛있던? 이제 내 차례다. 이 못된 짐승 새끼 같으니라고! 이제 알 게다."
치케는 실을 잘라내자마자 까마귀의 대가리를 두 주먹으로 세게 내려쳤다.
"이건 날 겁준 대가고, 이건 날 굶긴 대가다!"
그러자 멀지 않은 곳에서 지푸라기를 뜯던 당나귀가 까마귀의 발악에 놀라 도망쳤다. 치케는 멀리서 큰 소리로 당나귀를 불러 세운 뒤 그 까만 짐승을 들어 보이며 말했다.
"나귀야, 여기 잡았어! 잡았다고!"
치케는 까마귀의 두 다리를 묶어 나무에 매달아놓고 다시 일을 하러 갔다. 하지만 괭이질을 하던 그는 이게 끝이 아니라고 생각했다. 까마귀가 날지 못하게 날개깃을 뽑아 자기 자식들과 이웃 꼬마들에게 줘야겠다고 생각했다. 그러면 아이들은 까마귀로 장난질을 할 것이다. 이런 생각을 하며 그는 혼자 웃었다.
저녁이 되고, 치케는 당나귀 등 위 안장을 제대로 정리한 뒤 까마귀를 안장 뒤에 달린 고정 끈에 매달았다. 그런 뒤 당나귀를 타고 길을 나섰다. 당나귀가 걸음을 내딛자 까마귀 목에 매달린 방울이 딸랑딸랑 소리를 냈다. 당나귀는 이 소리에 귀를 쫑긋 세우더니 그만 발을 헛디뎠다.

"어이!"

치케는 고삐를 죄며 고함쳤다.

당나귀는 다시 걷기 시작했지만, 먼지 날리는 이 시골길을 터벅터벅 걷는 동안 딸랑대는 그 소리는 영 낯설기만 했다.

치케는 오늘 이후로 아무도 미차로의 까마귀 방울 소리를 듣지 못하겠구나 생각했다. 까마귀는 거기에 그렇게 있었다. 이 못된 짐승은 죽은 것처럼 보였다.

"뭐 하니?"

그는 고개를 돌려 고삐로 까마귀 대가리를 치며 물었다.

"잠들었냐?"

세게 얻어맞은 까마귀가 소리쳤다.

"깍!"

그 소리에 당나귀는 놀라 목을 길게 빼고 귀를 세우더니 갑자기 걸음을 멈췄다. 이에 치케는 웃음을 터뜨렸다.

"어이, 나귀야! 뭐가 그리 무섭냐?"

그는 채찍으로 당나귀 귀를 때렸다. 잠시 후 그는 다시 까마귀에게 같은 질문을 했다.

"잠들었냐?"

그리고 고삐로 조금 전보다 더 세게 까마귀 대가리를 내리쳤다. 그러자 까마귀가 아까보다 더 크게 소리를 질러댔다.

"깍!"

이번엔 당나귀가 숫양처럼 펄쩍 뛰기 시작했다. 치케는 팔다리로 온 힘을 다해 당나귀를 안정시키려 했지만 헛수고였다. 까마귀는 당나귀의 그 미친 달음박질에 온몸이 흔들리자 죽을 듯이 더 소리를 질러댔고, 까마귀가 더 크게 울수록 당나귀는 더 놀라 빨리 달리기 시작했다.

"깍! 깍! 깍!"

치케는 소리를 지르며 고삐를 당기고 또 당겼다. 하지만 한 놈은 소리를 지르고 다른 한 놈은 도망치면서 서로를 자극해 이 두 짐승은 공포에 휩싸여 제정신이 아니었다. 그날 밤은 이 비참한 질주로 한동안 떠들썩하더니 얼마 후 쿵 하는 굉음이 들렸다. 그리고 더 이상 아무 소리도 들리지 않았다.

다음 날, 치케는 낭떠러지 아래에서 당나귀에 깔려 죽은 채 발견됐다. 시체 더미는 태양 아래 윙윙대는 파리 떼 사이로 열기를 내뿜었다.

한편, 그 까만 미차로의 까마귀는 화창한 아침나절 파란 하늘 위에서 다시 유유자적 방울 소리를 널리 퍼뜨리고 있었다.

또 다른 아들

"닌파로사, 집에 있나?"
"네, 문 한번 두드려봐요."
늙은 마라그라치아가 문을 두드렸다. 그리고 문 앞 허물어져가는 난간에 천천히 쓰러지듯 주저앉았다.

파르니아 마을의 여느 낡은 집 참나무 문 앞의 난간들과 조금도 다르지 않은 그 난간은 마라그라치아의 의자나 다름없었다. 그녀는 그곳에서 잠을 자거나 숨죽여 울곤 했다. 지나가던 사람들이 그녀의 무릎에 동전이나 빵조각을 얹어 주면, 마라그라치아는 잠에서 깨거나 울음을 멈추고 동전과 빵에 입을 맞추며 성호를 긋고는 또다시 울거나 잠이 들곤 했다.

마라그라치아는 평소 넝마를 겹겹이 걸쳐 입었다. 여름이든 겨울이든 늘 똑같은 이 넝마 옷은 갈기갈기 찢어져 너덜너덜해 색은 다 바랬고 퀴퀴한 땀 냄새와 길거리 오물에 절어 악취가 났다. 누렇게 뜬 얼굴은 온통 주름이 자글자글했고, 끊이지 않는 울음으로 눈꺼풀은 충혈되고 뒤집혀 염증이 나 있었다. 그 주름과 피와 눈물에도 불구하고 그녀의 파란 눈은 마치 오래전, 추억 없는 어린아이의 눈처럼 보였다. 파리들이 그 눈 주위에 달려들어 성가시게 윙윙거려도 그녀는 얼마나 깊은 고통에 사무쳐 있는지 그저 내버려두었다. 푸석하고 듬성듬성한 머리카락은 가리마로 나뉘어 두 귓가 위로 매듭지어 달려 있었고, 귓불은 젊을 적 달고 다녔던 무거운 귀걸이 때문에 늘어지고 찢어져 있었다. 턱밑에서 목까지 이어진 흐물흐물한 살갗은 시커먼 홈으로 갈라져 움푹 파인 가슴 안으로 푹 들어가 있었다.

문 입구에 앉아 있던 이웃 여자들은 더 이상 마라그라치 아를 안중에 두지 않았다. 그들은 종일 옷을 기우고, 콩을 고르고, 대바늘뜨기를 하는 등 일에 열중하며 낡고 허물어진 집 앞에서 대화를 나누고 햇빛도 쬈다. 길과 다름없이 돌멩이투성이인 그들의 집은 마구간과 같이 붙어있었다. 여물통이 있는 한쪽에는 당나귀와 노새들이 파리를 쫓으며 뒷발질했고 다른 한쪽에는 높은 침대가 기념물처럼 자리 잡았다. 그리고 전나무나 밤나무로 만들어진 관처럼 생긴 검고 긴 보관함, 짚으로 엮어 만든 의자 서너 개, 찬장, 농기구가 갖춰져 있었다. 검게 그을린 흙벽엔 마을 수호성인을 인쇄한 싸구려 그림이 유일한 장식물로 걸려 있었다. 연기와 마구간 악취로 그득한 길거리는 햇볕에 빨갛게 익은 아이들 소리로 시끄러웠다. 몇몇 아이는 아예 옷을 안 입고 있었고, 몇몇은

얇은 셔츠만 입었거나 땀에 찌든 넝마를 걸치고 있었다. 암탉들은 부리로 땅을 콕콕 쪼아대고, 돼지들은 오물에 코를 박고 꿀꿀거렸다.

그날 여인들은 다음 날 아침 아메리카로 떠날 또 다른 이민자 무리 얘기를 하고 있었다.

"사로 스코마가 마누라랑 자식 셋을 두고 떠난다지."

한 여인이 말했다.

"비토 스코르디아도 자식새끼 다섯에 임신한 마누라를 두고 간대, 글쎄."

다른 여인이 덧붙였다. 그러자 또 다른 여인이 물었다.

"카르미네 론카가 유황 광산에서 일하는 열두 살 난 아들을 데리고 간다는 게 진짜야? 아휴, 적어도 애는 마누라한테 두고 가던가. 이제 불쌍한 크리스티아나는 혼자 어찌 살꼬!"

그러자 저쪽에서 한 여인이 울먹이며 큰 소리로 말했다.

"밤새 눈치아 리그레치 집에서 얼마나 엉엉 우는 소리가 나던지! 이제 막 군대 갔다 온 아들 니코도 떠나고 싶어 한다잖아!"

이 얘기를 듣고 있던 마라그라치아는 울음이 터져 나오려는 입을 어깨에 두르고 있던 숄로 틀어막았다. 하지만 괴로움에 복받쳐 빨갛게 충혈된 눈에서는 끊임없이 눈물이 쏟아졌다.

마라그라치아의 두 아들도 14년 전에 아메리카로 떠났다. 두 아들은 사오 년 뒤에 돌아오겠다 약속했지만 자리를 잡은 뒤에는 그들의 늙은 어머니를 까맣게 잊고 살았다. 마라그라치아는 매번 새로운 이민자 무리가 파르니아에서 출발할 때면 닌파로사의 집으로 향했다. 이민자들 중 누군가가 큰아들이든 작은아들이든 둘 중 한 명에게 전달해줄 편지를 닌파로사가 대필해주기 때문이다. 마라그라치아는 먼지 날리는 큰길을 따라 짐 보따리를 가득 짊어지고 옆 도시의 철도역으로 향하는 이민자 무리를 따라 걸었다. 그들 사이로 노부모와 아내, 누이 들이 흐느끼며 따라가고 있었다. 마라그라치아는 그들을 따라 걸으며 청년들의 눈을 뚫어지게 쳐다보았다. 그중에는 동행하던 친척들의 슬픔을 누르고 기분을 달래려고 유난히 너스레를 떠는 청년 이민자도 있었다.

"미친 할망구야, 왜 날 그렇게 쳐다보는 거요? 왜, 내 눈이라도 파려고 그러셔?"

한 청년이 소리쳤다.

"아니, 난 자네가 부러워! 자넨 내 아들들을 만날 테니. 걔들한테 나를 만났다 얘기해주고, 더 시간 끌면 영영 못 만나게 될 거라고 전해주게나."

그녀가 대답했다.

그 사이 이웃 여인들은 떠날 이들이 몇 명인지 헤아리며 무리 뒤에서 따라오고 있었다. 울퉁불퉁한 길 끝에서 덥수룩한 수염에 양털 같은 머리카락의 노인이 드러누운 채 파이프 담배를 물고 있었다. 그는 가만히 그들의 얘기를 듣다가 당나귀 안장에 기대고 있던 머리를 벌떡 들더니 굵고 거친 두 손을 가슴에 얹으며 말했다.

"내가 왕이라면."

그는 다음 말을 잇기 전에 땅에 침을 뱉었다.

"내가 왕이라면 말이지, 거기서 파르니아까지 편지 한 통 못 오게 할 게야."

"참, 잘하는 소리요. 야코 스피나!"

이웃 여인들 중 하나가 소리쳤다.

"그럼 아무 소식도 못 듣고 도움도 없이 여기 남아 있는 불쌍한 어미와 부인들은 어쩌란 말이오?"

"무슨! 얼마나 편지들을 많이 보내는데!"

노인은 투덜거리며 또 한 번 침을 뱉었다.

"어미들은 노예가 되고, 부인들은 몸 다 망치고. 근데 왜 거기서 당하는 안 좋은 일들은 편지에 안 쓰는 거지? 다 좋다고만 하지. 그런 편지 한 통 한 통이 이 뭣 모르는 애들한텐 병아리 품는 암탉 같다니까. 꼬꼬댁 하고 부르면 모조리 다 가버리잖아! 그러니 우리 땅에 더 이상 일손이 없지 않느냐 말이야! 파르니아에는 이제 늙은이들, 여자들, 아이들밖에 없어. 내가 땅이 좀 있으면 무엇하나. 혼자 뭘 어떡하란 말이야! 그런데 또 떠나고 있어. 또 떠나고 있다고! 폭풍우를 맞을 게야. 목이나 부러져라, 이 빌어먹을 놈들!"

바로 그때 닌파로사가 문을 열자 그 길가로 해가 떠오르는 것 같았다.

닌파로사는 생기 있는 갈색 피부에 검고 초롱초롱한 눈과 빨간 입술을 지녔고, 온몸이 탱탱하고 날씬해 활발한 새침데기 같은 구석이 있었다. 풍성한 가슴 위로 노란 달이 여러 개 그려진 빨갛고 큰 면 손수건을 두르고 있었고, 굵고 동그란 금 귀걸이를 하고 있었다. 검고 윤기 나는 곱슬머리는 가르마 없이 목 뒤로 풍성하게 모아 은색 핀을 꽂고 있었다. 둥그스름한 턱 한가운데 있는 선은 얄밉고 도발적인 매력을 발산했다.

닌파로사는 결혼한 지 2년도 채 안 돼 첫 남편과 사별해 과부가 되었고, 두 번째 남편은 5년 전 그녀를 버리고 아메리카로 떠났다. 그런데 얼마 전부터 밤마다, 텃밭과 통하는 집 뒷문으로 마을의 한 권세가가 비밀리에 그녀를 방문하곤 했다. 순진하고 곧은 성격의 이웃 여인들은 그녀를 안 좋은 눈으로 보고 있었지만, 서로 말은 안 할지언정 다들 그녀를 부러워했다. 마을에 떠도는 소문으로는 닌파로사가 두 번째 남편에게 버림받은 것에 복수를 한답시고 아메리카에 가 있는 이민자들에게 몇몇 불쌍한 아낙네를 비방하고 모함하는 익명의 편지를 여러 통 썼다고 했다.

"아니, 대체 누가 이런 엉뚱한 소리를 하는 거야?"

닌파로사가 길가로 내려오며 말했다.

"아, 야코 스피나 아저씨였구먼! 야코 아저씨, 파르니아에 우리만 남아 있으면 더 낫지 뭘 그래요! 우리 여자들이 괭이질하면 되지, 뭐."

"근데 너희 여자들은 잘하는 게 딱 한 가지밖에 없잖아."

노인은 다시 가래 섞인 목소리로 투덜대듯 말하며 침을 뱉었다.
"그게 뭔데요, 아저씨? 어디 한번 말해보쇼."
"우는 거. 그리고 잠자리."
"아하, 그럼 하나가 아니고 둘이네! 근데 난 안 울어요. 알죠?"
"알지, 그럼. 네 첫 남편이 죽었을 때도 넌 안 울었으니까."
닌파로사는 바로 말을 받아쳤다.
"야코 아저씨, 내가 먼저 죽었으면 그 남자가 새장가 안 갔을 것 같아요? 그렇다니까요! 그리고 여기 모두를 대신해서 우는 사람이 누군지 알아요? 마라그라치아 아줌마요."
"그럴지도 모르지. 근데 저 늙은 할망구는 내다 버릴 물이 하도 넘쳐 눈에서도 물이 나오는 것뿐이야."
야코 스피나는 다시 드러누우며 아는 척 말했다. 그의 말에 동네 여인들이 웃어댔다. 그러자 마라그라치아가 발끈해 외쳤다.
"아들 둘을 잃었소. 금쪽같은 아들 둘을. 그런데 내가 안 울게 생겼소?"
"금쪽같은 자식들이지, 암! 펑펑 울 만큼. 걔네는 거기서 떵떵거리고 잘 살면서 아줌마는 여기서 구걸하며 죽게 놔두는데도."
"걔들은 자식이고 난 어미야. 걔들이 내 이 고심을 어떻게 알겠어?"

마라그라치아가 대답했다. 그러자 닌파로사가 대답했다.

"뭘 그리 울고 고심을 하는지, 원. 사람들이 그러는데 아줌마 때문에 애들이 더 이상 못 참고 도망간 거라던데."

"나 때문이라고?"

마라그라치아는 아연실색해 주먹으로 가슴을 치며 자리에서 일어섰다.

"나 때문이라고? 누가 그러던가?"

"누가 그러던 간에요. 아무튼 그랬다니까요."

"모함이야! 내 자식들이 나 때문에? 내가 무슨……."

"신경 쓰지 말아요! 그냥 농담하는 거예요."

한 여인이 마라그라치아의 말을 막았다.

닌파로사는 엉덩이를 얄밉게 실룩거리며 계속 웃어댔다. 그러고는 다시 애교 섞인 목소리로 마라그라치아에게 짓궂게 물었다.

"그래, 우리 할망구. 내가 뭘 해드릴까?"

마라그라치아는 떨리는 손을 가슴에 넣더니 다 구겨진 종이 한 장과 봉투를 꺼냈다. 그리고 간청하는 얼굴로 닌파로사에게 보여주며 말했다.

"내 부탁 좀 또 들어줘."

"또 편지요?"

"응, 좀……."

닌파로사는 한숨을 쉬었지만, 마라그라치아가 순순히 가지 않을 거라는 것을 알기 때문에 그녀를 집으로 데리고 들어갔다.

닌파로사의 집은 여느 집하고는 달랐다. 문에 뚫린 철책 창문으로 들어오는 빛이 집 안으로 들어오는 유일한 빛이라 넓은 방은 문을 닫으면 어두웠다. 벽돌로 된 벽은 하얗게 칠해져 있고, 집 구석구석은 낡은 데 없이 깨끗했다. 철로 된 침대, 장롱, 대리석 선반으로 된 서랍장, 호두나무 판자로 된 작은 테이블은 검소한 가구들이지만 시골 마을에서 삯바느질하면서 혼자 장만하기엔 큰 호사였다.

닌파로사는 펜과 먹물을 가져와 구겨진 종이를 서랍장 위에 펴고 받아쓸 준비를 했다. 그녀가 선 채로 말했다.

"자, 불러보세요, 어서!"

"사랑하는 아들들에게."

마라그라치아는 닌파로사에게 말하기 시작했다.

"난 이제 더 이상 울 눈도 없구나."

그녀는 지친 한숨을 내쉬며 말을 이었다.

"마지막으로 딱 한 번만이라도 너희를 보려 해도 내 눈은 이미 다 타들어갔기 때문이란다."

"다음이요, 다음!"

닌파로사가 그녀를 재촉했다.

"이 말은 벌써 한 서른번은 족히 썼네."

"넌 그대로 쓰기만 해. 이게 내 진심인 거 모르겠니? 자, 써. 사랑하는 아들들에게."

"처음부터 또다시요?"

"아니, 이제 다른 거. 오늘 밤새 생각한 거야. 들어봐. 사랑하는 아들들에게. 너희의 불쌍한 늙은 어미는 맹세컨대……그렇게 신께 맹세컨대, 너희가 파르니아로 돌아오면 내 집을 너희에게 물려주마."

닌파로사는 웃음을 터뜨렸다.

"집씩이나요? 걔네들이 벌써 그렇게 부자면, 진흙과 갈대로 쌓아 올린, 그 불면 쓰러질 사방 벽으로 뭘 한다고 그래요?"

"넌 그대로 쓰기나 해."

노파는 고집스럽게 반복했다.

"내 나라에 있는 돌덩어리 몇 개가 다른 왕국보다 더 값어치 있는 거야. 자, 어서 써."

"썼어요. 뭐 더 할 말 있으세요?"

"어, 이거. 사랑하는 아들들아, 너희의 불쌍한 어미는 겨울이 코앞으로 다가와 추위에 덜덜 떨고 있고, 옷 한 벌 장만하고 싶어도 살 수가 없구나. 그러니 5리라짜리 지폐 한 장만이라도 보내줄 선심이 있으면……."

"그만요, 그만!"

닌파로사는 종이를 접어 봉투에 넣으며 말했다.

"다 썼으니까 그만하세요."

"5리라 얘기도?"

갑작스러운 닌파로사의 화에 주눅이 든 노파가 물었다.

"전부 다요. 5리라 얘기도요."

"다 잘…… 쓴 거지?"

"아휴! 그렇다니까요!"

"얘야, 좀 참아줘. 이 늙은이를 조금만 참아다오."

마라그라치아는 말했다.

"어쩌겠니. 내가 이제 반은 멍청이인걸. 주님과 성모님께서 네게 자비를 베푸시길."

마라그라치아는 편지를 자신의 가슴에 푹 쑤셔 넣었다. 그녀는 그 편지를 자식들이 있는 산타페의 로사리오로 떠날 눈치아 리그레치의 아들에게 맡기기 위해 길을 나섰다.

저녁이 되자 동네 여인들은 모두 집으로 돌아갔고, 문이란 문은 모조리 닫혀 있었다. 좁은 골목에는 쥐새끼 한 마리 없었다. 어깨에 사다리를 인 점등원만이 길가에 드문드문 서 있는 기름 가로등에 점등하러 돌아다니고 있었다. 뿌옇고 희미한 가로등 불빛은 희미한 시야와 버려진 그 조용한 골목길에 쓸쓸함을 더했다.

늙은 마라그라치아는 몸을 숙인 채로 그 종이 한 장에 자신의 모정을 담기라도 하듯, 한 손은 자식들에게 보낼 편지를 품은 가슴에 대고, 다른 한 손으로는 어깨나 머리를 긁적이며 걸었다. 그녀는 매번 새로 편지를 쓸 때마다 절실한 희망이 되살아났고, 그 편지에 감복한 아들들이 자신을 찾아올 거라 믿었다. 14년간 그들을 위해 흘린 눈물로 채워진 그녀의 그 구구절절함을 읽으면 그 예쁘고 착한 아들들은 돌아올 수밖에 없을 것이다.

하지만 마라그라치아는 이번 편지가 썩 만족스럽지 않았다. 닌파로사가 너무 서둘러 썼고, 옷을 사기 위해 5리라를 보내달라고 한 마지막 말도 정말로 쓰긴 쓴 건지 의심스러웠다. 5리라 정도야! 추위에 떠는 노모의 몸을 덮기 위해 5리라를 보내라한들 이미 부자가 된 자식들에게 뭐 그리 큰 민폐라도 될까?

한편, 마을의 허름한 집들 문틈으로는 곧 떠날 자식 때문에 울부짖는 어미들의 목소리가 여기저기 새어 나왔다.

마라그라치아도 가슴에 품은 편지를 더 힘껏 끌어안으며 속으로 흐느껴 울었다.

'아이고, 아들들아! 아들들아! 너희는 어떤 심정으로 떠난 거냐? 돌아오겠다 약속하고는 다시 돌아오지 않으니. 아, 불쌍한 늙은이들. 그 약속 믿지 마소! 당신 자식들도 내 자식들처럼 영영 안 돌아올 테니. 영영 안 돌아온다고……'

그러던 그녀가 갑자기 가로등 아래 멈춰 섰다. 사람 발자국 소리가 들렸다. 누구지?

아, 그는 얼마 전 마을에 새로 전임해 온 젊은 의사 선생이었다. 들리는 소문엔 조만간 마을을 떠날 거라고 했는데, 그가 마을 몇몇 지주의 눈 밖에 나서였다. 하지만 가난한 마을 주민들은 그를 좋아했다. 그는 소년처럼 어려 보였지만 사리 분별력은 나이 든 어른이었고, 그가 말할 때마다 사람들은 그의 박식함에 놀라 입을 못 다물 정도였다. 사람들 말로는 그도 아메리카로 떠나고 싶어 한다고 했다. 어머니도 죽고 없는 홀몸인데 왜 떠나지 않았는지!

"의사 선생님, 제 부탁 좀 들어주시겠습니까?"

마라그라치아가 간청했다.

젊은 의사는 멍하니 가로등 아래 멈춰 섰다. 뭔가 골똘히 생각에 빠져 걷던 그는 노파가 있는지도 몰랐다.

"누구십니까? 아, 아주머니……."

그는 마을 집들 문 앞에서 여러 번 그 넝마 옷을 본 기억이 났다.

"제 부탁 좀 들어주시겠어요?"

마라그라치아가 다시 한 번 말했다.

"제 자식들에게 보낼 이 편지 좀 읽어주세요."

"어디 한번 봅시다."

근시안인 의사는 코 위의 안경을 고쳐 쓰며 말했다.

마라그라치아는 가슴에서 편지를 꺼내 그에게 건넸고 닌파로사가 받아쓴 말을 그가 읽어줄 때까지 기다렸다.

"사랑하는 아들들에게."

이런! 의사는 잘 안 보여서 그러는 건지, 글씨체를 잘 못 알아봐서 그러는 건지, 종이에 눈을 가까이 댔다가 가로등 불빛에 더 잘 보려고 종이를 멀리 댔다가 이내 이리저리 뒤집어 보기 시작했다. 그리더니 말했다.

"이게 뭡니까?"

"왜요? 글씨가 영 엉망인가요?"

마라그라치아가 수줍게 물었다. 의사는 웃기 시작했다.

"아니, 아무것도 안 쓰여 있어요. 펜으로 지그재그 낙서만 갈겨놨는데. 자, 보세요."
"무슨!"
놀란 마라그라치아가 외쳤다.
"진짜예요. 여길 보세요. 아무것도 안 적혀 있잖아요."
"이럴 수가 있나?"
마라그라치아가 말했다.
"어떻게 이럴 수 있지? 내가 닌파로사에게 한 마디 한 마디 불러줬건만! 그 애가 쓰는 걸 내가 분명 봤는데……."
"쓰는 척했겠죠."
의사는 어깨를 들썩이며 말했다.
마라그라치아는 장작처럼 몸이 굳었고, 잠시 후 주먹으로 가슴을 치기 시작했다.
"아, 못된 것!"
그녀는 감정이 폭발했다.
"왜 날 속였지? 아, 그래서 내 아들들이 답을 안 했던 거구나! 그러니까 아무것도 안 쓴 거였어! 한 번도 내가 말한 걸 안 썼던 거야. 그래서였어! 그러니까 내가 어떤 상태인지 내 아들들은 아무것도 모른단 말이지? 내가 자기네들 때문에 죽어가는 걸 모른단 말이야? 그런데 의사 선생님, 전 매번 그 못된 계집애가 절 우롱하는 줄도 모르고 제 자식들 탓만 했지 뭡니까. 아이고, 이럴 수가! 오, 신이시여! 나 같은 불쌍한 어미에게, 나 같은 늙은이를 어찌 이렇게 배신할 수 있단 말입니까? 아이고, 어떻게 이럴 수가! 아이고…….."

안쓰러운 마음과 함께 분노한 젊은 의사는 일단 그녀를 안정시키려고 애썼다. 그리고 닌파로사는 질책을 받아야 마땅하니 내일 자신이 찾아가겠다며 그녀가 누구이고 어디에 사는지 물었다. 하지만 노파는 오랫동안 아무 소식 없이 멀리 있는 자식들에게 미안한 마음이 더 클 뿐이었다. 그 긴긴 세월 동안 자신을 버렸다고 자식들을 탓한 것을 후회할수록 가슴이 찢어졌다. 그 수많은 편지 중 단 한 통만이라도 제대로 쓰여 있었고 잘 도착했다면, 자식들은 단숨에 그녀에게 날아왔을 것이 이제 너무나 확실했다.

의사는 그녀의 지칠 줄 모르는 푸념을 막기 위해 다음 날 아침 자신이 그들에게 긴 편지 한 통을 써주겠다고 약속해야만 했다.

"자, 이제 그만 슬퍼하세요! 내일 아침 절 찾아오세요. 그리고 이제 잠을 좀 자세요. 어서 자러 가시라고요."

잠은 무슨 잠! 두어 시간 뒤 다시 그 길을 지나던 의사는 마라그라치아를 같은 자리에서 다시 발견했다. 그녀는 가로등 아래 웅크리고 앉아 슬프게 울고 있었다. 그는 그녀를 꾸중해 자리에서 일어나게 했다. 그리고 밤이 깊었으니 어서 집으로 가라고 명령했다.

"어디 사십니까?"

"네, 의사 선생님. 저 아랫마을 입구에 조그만 집이 한 채 있습니다. 그 못된 계집애한테 자식들에게 그 집을 물려주겠다 쓰라고 했죠. 근데 글쎄, 깔깔거리며 웃더라고요, 그 파렴치한 년이. 그게 진흙과 갈대로 쌓아 올린 사방 벽이지 집이냐면서요. 근데 전……."

"알았어요, 알았어."

의사는 다시 그녀의 말을 잘랐다.

"이제 그만 자러 가세요! 내일 그 집 얘기도 씁시다. 자, 어서요. 내가 집까지 데려다드릴 테니."

"은혜받으실 겁니다, 의사 선생님. 아이고, 무슨 말씀을요! 데려다주기는 무슨! 가던 길 가세요. 전 늙은이라 걸음이 느려요."

의사는 그녀에게 작별 인사를 하고 발걸음을 옮겼다. 마라그라치아는 거리를 두고 그의 뒤를 따라 걸었다. 그리고 그의 집 문 앞에 도착해서는 걸음을 멈추고 어깨에 두르고 있던 숄을 머리 위로 둘러쓴 뒤 밤을 보내기 위해 문 앞 난간에 앉았다.

이른 새벽, 평소보다 늦잠을 잔 의사가 첫 진료를 위해 밖으로 나왔을 때 마라그라치아는 잠들어 있었다. 문을 열자 기대어 자고 있던 노파가 그의 발 아래로 쓰러졌다.

"아이고! 아주머니셨네! 다치셨어요?"

"선…… 선생님, 죄송합니다."

마라그라치아는 숄에 엉킨 양손을 바닥에 받치고 몸을 일으키며 말을 더듬었다.

"여기서 밤을 샜어요?"

"네, 선생님. 괜찮아요, 익숙해서."

노파는 변명을 했다.

"어쩌겠어요, 선생님. 진정이 안 되는걸. 그 못된 년이 저를 속인 걸 생각하니 진정이 안 돼요! 의사 선생님, 가서 콱 죽이고 싶을 정도예요! 그냥 쓰기 싫다고 했으면 다른 사람을 찾아갔을 거예요. 선생님을 찾아왔을 거예요. 이렇게 착하고 좋은 분이시니……."

"여기서 기다리세요."

의사가 말했다.

"제가 지금 그 여자 집에 갔다 올게요. 그리고 이따가 편지를 씁시다. 기다리세요."

의사는 전날 저녁 마라그라치아가 알려준 집으로 서둘러 걸어갔다. 그는 마침 길가에 나와 있던 닌파로사에게 집 주소를 묻게 되었다.

"전데요, 의사 선생님."

그녀는 볼이 발그레해져 웃으며 대답했다. 그리고 그를 집으로 초대했다.

닌파로사는 길에서 동안인 이 의사 선생을 여러 번 봤지만 평소 건강한 터라 그를 만나려고 일부러 아픈 척 할 수가 없었다. 그런 참에 그가 먼저 자신을 찾아와 다소 놀라긴 했지만 선뜻 표정을 지어 보였다. 하지만 이유를 알게 되고 의사 선생이 자신을 엄하게 대하자, 그가 다짜고짜 화내는 것이 애석해 괴로운 표정을 지으며 도발적으로 그에게 성큼

다가갔다. 그리고 의사의 화를 돋우지 않기 위해 적당한 선에서 그의 말을 가로막았다.

"그런데요, 의사 선생님."

그녀는 까맣고 예쁜 눈을 가늘게 뜨며 말했다.

"선생님은 정말로 그 미친 늙은이 때문에 이렇게 마음 아파하시는 겁니까? 이 마을에서 그 늙은이를 모르는 사람이 없답니다. 근데 이제 아무도 신경 안 써요. 아무나 잡고 한번 물어보세요. 14년 전부터 그 늙은이가 미쳤다고 할 테니까요. 아들 둘이 아메리카로 떠난 이후로요. 그런데도, 그 늙은이는 자식들이 자신을 까맣게 잊었다는 사실을 인정하려 하지 않아요. 그래서 끈질기게 편지를 쓰고 또 쓰고……. 그래서 이젠 그냥 늙은이를 기분 좋게 해주려 했어요. 아시겠어요? 그래서 제가 편지를 써주는 척하는 거예요. 떠나는 사람들도 편지를 전달하겠다고 하면서 받아 넣는 척하는 거라고요. 그러면 그 불쌍한 늙은이는 헛된 기대를 해요. 근데, 의사 선생님. 우리가 다 그 늙은이처럼 살면요, 이 세상은 어떻게 되겠어요! 그거 아세요, 선생님? 저도 실은 남편한테 버림받은 몸이랍니다! 그 잘난 신사가 무슨 용기를 냈는지 아세요? 글쎄, 아메리카에서 만난 어여쁜 여자랑 같이 찍은 사진을 보냈다니까요! 제가 보여드릴게요. 둘이 머리를 맞대고 손을 이렇게 잡고는, 실례해도 되죠? 손 좀 한번 줘보세요! 그러고는, 그들을 보고 있는 사람 면전에서 웃어요. 그러니까 바로 제 면전에서요. 아이고, 의사 선생님. 모든 은혜는 떠나는 사람에게 있지, 남아 있는 사람에게는 쥐뿔도 없는 거예요! 아는 사람은 다 알겠지만 저도 처음엔 많이 울었어요. 그러다 나중에는 이런 생각이 들더군요. 이제…… 이제 어떻게든 열심히 살아보자, 기회가 되면 즐겨도 보자. 세상만사 다 그런 거지!"

그 어여쁜 여인이 드러낸 매력적인 상냥함과 호감에 당황스러워진 젊은 의사는 눈을 내리뜨고 말했다.

"당신은 그래도 살 만하니까 그런 거겠죠. 그런데 그 불쌍한 노파는……."

"무슨요! 그 늙은이요?"

닌파로사가 대차게 대답했다.

"그 늙은이도 살 만할 걸요. 하! 가만히 앉아서 입에 넣어주는 거 받아만 먹고도 살 수 있어요. 하려고만 하면요. 안 하려고 해서 그렇지."

"그게 무슨 말입니까?"

의사는 놀라 눈을 치켜뜨며 물었다.

닌파로사는 의사의 그 잘생긴 얼굴이 놀라는 걸 보고 웃음을 터뜨렸다. 닌파로사의 튼튼하고 하얀 이가 드러나자 그녀의 미소에 환한 건강미가 스며들었다.

"그렇다니까요!"

그녀가 말했다.

"안 하려고 하는 거예요, 의사 선생님. 이 마을에 그 늙은이의 또 다른 아들이 살고 있답니다. 막내요. 그 아들은 늙은

이와 같이 살고 싶어 하는 데다 부족함 없이 해줄 수도 있어요."

"다른 아들이요? 마라그라치아에게요?"

"네, 로코 트루피아라는 사람인데 마라그라치아는 그 아들에 대해선 알려고도 안 해요."

"왜죠?"

"제가 말씀드렸죠? 진짜 미쳤다니까요. 자기를 버린 두 아들 생각에 밤낮으로 울면서, 같이 살자고 그렇게나 애원하는 다른 아들에게는 빵 한 조각도 안 얻어먹으려 해요. 모르는 사람들한테는 받아먹으면서도."

또다시 놀란 기색을 보이고 싶지 않은 의사는 점점 더 심란해지는 마음을 감추고자 얼굴을 찌푸리며 말했다.

"그 아들이 막 대해서 그런 거겠지요."

"아니요."

닌파로사가 말했다.

"그래요, 못생기긴 했어요. 거기다 늘 뚱한 얼굴이지만 절대 나쁜 사람은 아니에요. 게다가 얼마나 성실한 일꾼인데요! 일, 마누라, 자식새끼들 말곤 아무것도 몰라요. 선생님, 정 궁금하시면 여기서 그리 멀지도 않아요. 보세요, 이 길을 쭉 따라가다가 마을을 빠져나가 한 5백 미터쯤 가면 오른쪽에 '기둥 집'이라는 집이 한 채 있을 거예요. 거기 살아요. 넓은 토지를 빌려 경작하고 사는데 수입이 꽤 좋다지요. 한번 가보세요. 제가 말한 그대로일 테니."

의사는 자리에서 일어났다. 9월의 화창한 아침, 그는 그 로코 트루피아라는 사람이 만나고 싶어졌고, 노파의 일에 무척 호기심이 일었다. 의사는 말했다.

"내 정말로 가보리다."

닌파로사는 은색 핀 주위로 삐져나온 머리카락을 정리하려고 두 손을 목 뒤로 가져가며 야릇한 눈웃음으로 의사를 흘끗 보며 말했다.

"그럼 선생님, 산책 잘 하세요!"

의사는 오르막길을 넘자마자 걸음을 멈추고 한숨 돌렸다. 띄엄띄엄 허름한 집들이 보였고, 거기서 마을이 끝나가고 있었다. 지금은 노란 그루터기로 남아 있는 밀밭 사이, 광활한 고원을 향해 1마일 이상 길게 뻗은 먼지 날리는 넓은 시골길 중간에 좁은 길 하나가 나 있었다. 왼쪽으로는 파르니아 지주들이 저녁 산책길에 찾아오는 우산 모양의 웅장한 해송이 우뚝 서 있었고, 저 멀리로 푸르스름한 산맥이 길게 병풍을 치고 있었다. 그 산맥 뒤로 커다란 뭉게구름이 덮칠 듯 낮게 떠 있다가 군데군데 흩어져 천천히 하늘 위로 떠다니더니 파르니아 마을 뒤로 솟아 있는 미로타 산 정상을 지나쳐 가고 있었다. 그 사이 산은 자색의 어두운 그림자를 드리우다가 이내 환하게 밝아졌다. 아침의 고요는 산비둘기나 이제 막 이민 온 종달새 기척을 향한 사냥꾼들의 총소리로 간간히 깨졌다. 그 소리에 경비견들은 오랫동안 사납게 짖어댔다.

의사는 경작을 위해 첫비를 기다리는 메마른 토지를 둘러보며 큰길을 성큼성큼 걸었다. 하지만 그곳엔 일손이 턱없이 부족했고, 버려진 듯한 평원은 더할 수 없는 쓸쓸함을 발산하고 있었다.
 길 아래 그 '기둥 집'이 있었다. 부식돼 부스러진 고대 그리스 신전 기둥 모서리에 집이 기대고 있어 그렇게 불렸다. 오두막집에 불과한 그 집은 시칠리아 농부들이 자신들의 집을 부르듯, 말 그대로 '물건'이었다. 집 뒤쪽엔 촘촘한 선인장 울타리가 있고, 집 앞엔 각뿔 모양의 커다란 짚가리 두 단이 놓여 있었다.
 "어이, 집주인 계시오?"
 혹시나 개가 있을까 겁이 난 의사는 녹슬어 허물어져가는 철 대문 앞에 서서 집주인을 불렀다.
 열 살쯤으로 보이는 소년이 맨발로 나왔다. 소년은 햇빛에 바랜 불그스름하고 덥수룩한 머리카락에 작은 야생동물 같은 초록빛의 눈을 지니고 있었다.
 "혹시 개 있니?"
 의사가 물었다.
 "네, 있어요. 근데 얌전해요."
 소년이 대답했다.
 "네가 로코 트루피아 씨의 아들이니?"
 "네."
 "아빠는 어디 계시니?"

"저기, 노새들 등에서 거름을 내리고 계세요."

집 앞 낮은 담장에 걸터앉아 있던 아이의 엄마는 철 양동이 위에 앉아 있는 열두 살쯤 돼 보이는 맏딸의 머리를 빗기고 있었고, 그 맏딸은 무릎 위로 갓난 사내아이를 안고 있었다. 땅바닥에서는 가슴을 펴고 목을 길게 뺀 채 볏을 흔들어대는 커다란 수탉에도 아랑곳없이 태평한 암탉들 사이에서 또 다른 사내아이가 놀고 있었다.

"로코 트루피아 씨와 할 얘기가 있는데요."

의사가 여인에게 말했다.

"저는 마을에 새로 온 의사입니다."

의사가 남편에게 무슨 볼 일이 있는 건지 몰라 당황한 여인은 잠시 의사를 쳐다보고만 있었다. 그러던 여인은 꺼칠꺼칠한 셔츠로 서둘러 몸을 감추며 갓난아이에게 젖을 먹이느라 풀어헤친 코르셋 단추를 채우고 일어나 그에게 의자 하나를 건넸다. 의사는 괜찮다고 말하며 몸을 숙여 바닥에 앉아 있는 아이의 머리를 쓰다듬었다. 그 사이, 소년은 아버지를 부르러 달음박질쳤다.

잠시 후, 징이 박힌 장화 소리가 들리더니 선인장들 사이에서 로코 트루피아가 보였다. 그는 여느 농부들처럼 한 손을 등에 대고 허리를 구부려 두 다리를 휠처럼 넓게 벌린 채 걸어오고 있었다.

그의 코는 넓적하게 눌려 있고, 윗입술은 유난히 긴 데다 매끈매끈하고 툭 불거져 원숭이 같았고, 붉은색 머리카락에 창백한 기운이 감도는 얼굴 위로 여기저기 주근깨가 나 있었다. 움푹 패인 푸른 눈은 어두운 시선으로 의사를 힐끔거렸다.

그는 인사로 한 손을 들어 올려 검은 중절모를 이마 위에서 뒤로 살짝 미는 시늉을 했다.

"인사 올립니다, 선생님. 뭐 제게 부탁할 일이라도 있으십니까?"

"당신 어머니 얘기를 좀 하려고 왔습니다."

로코 트루피아는 당황했다.

"어디 편찮으신가요?"

"아니요."

의사는 서둘러 다음 말을 이었다.

"평소 그대로예요. 근데 알다시피 연세도 많은 데다 기력도 없고 자신을 잘 안 돌보시니……."

의사가 말을 계속할 수록 그는 점점 불안해졌다. 그러다 결국 참지 못하고 의사에게 말했다.

"의사 선생님, 제게 다른 부탁할 일이 있으십니까? 제가 뭐든 다 도와드리겠습니다. 하지만 제 어머니 얘기를 하러 오신 거라면 그만 가주십시오. 전 다시 일터로 돌아가보겠습니다."

의사는 자리를 떠나려는 그를 붙잡으려고 말했다.

"잠깐만요. 어머님이 그런 게 당신 탓이 아니라는 걸 잘 압니다. 사람들이 그러는데, 오히려 당신은……."

"의사 선생님, 이쪽으로 오십시오."

집 문을 가리키며 로코 트루피아가 돌연 말을 시작했다.

"가난뱅이 집이지만 선생님은 의사시니까 다른 가난한 집도 많이 보셨을 겁니다. 여기 그…… 착한 어머니를 위해 항시 마련해둔 침대를 보여드리죠. 제 어머니입니다. 어떻게 달리 부를 수가 없어요, 전. 제가 그 성모마리아 같은 늙은이를 어떻게 모시고 존경하라고 일렀는지 여기 제 아내랑 자식들한테 한번 물어보십시오. 왜냐고요? 어머니는 성자나 마찬가지니까요! 제가 어머니에게 도대체 뭘 잘못했습니까? 도대체 왜 온 마을 사람들 앞에서 제게 치욕을 주고, 사람들이 절 나쁜 놈으로 취급하게 하냔 말입니다! 네, 선생님. 맞습니다. 전 아이 때부터 아버지 친척들 품에서 자랐습니다. 솔직히 전 어머니를 어머니로 존경하지 않아도 돼요. 늘 제겐 무정했으니까요. 그런데도 전 어머니를 존중하고 사랑했어요. 그 못된 두 아들이 아메리카로 떠나고 나서는 여기 제 집에서 여왕처럼 모시려고 어머니에게 달려갔어요. 근데 무슨요! 마을을 돌아다니며 구걸하는 모습을 사람들에게 보여줘야 직성이 풀리는 건가요? 제게 모욕을 주려고요? 의사 선생님, 맹세컨대 그 두 아들 중 하나라도 파르니아에 다시 돌아오면 제가 14년간 그놈들 때문에 겪은 수치심과 고통의 대가로 확 죽여 버릴 겁니다. 제 아내와 이 순진무구한 자식 새끼들 앞에서 선생님께 말씀드리는데 기필코 죽여버리고 말 겁니다!"

얼굴이 새하얘져 분노에 떨던 로코 트루피아는 거품을 문 입을 팔뚝으로 쓱 닦았다. 그의 눈은 빨갛게 충혈됐다.

의사는 분노해 한동안 그를 쳐다보았다.

"아, 그렇군."

의사가 말했다.

"당신 어머니가 왜 당신의 호의를 받아들이지 않는지 이제 알겠소. 당신이 이렇게 이렇게 형제들을 증오하고 있으니까!"

"증오라고요?"

로코 트루피아는 등 뒤로 두 주먹을 꽉 쥐고 의사에게 대들 듯이 몸을 들이대며 말했다.

"이젠 증오해요. 어머니와 저를 고통스럽게 했으니까요! 그들이 여기서 살 때 전 그들을 좋아했고, 형들처럼 대우해 줬어요. 그런데 그들은 카인이었다고요! 제 말 좀 들어보세요. 그들은 일을 전혀 안 했어요. 모두를 위해 저 혼자 일했어요. 여기 와서 저녁거리가 없다고, 엄마가 굶은 채 잠자리에 들게 생겼다고 하면 제가 가지고 있던 걸 다 퍼주곤 했죠. 늘 술에 취해 여자들과 놀아나 가진 걸 다 탕진하고 나면 제가 돈도 대줬어요. 그들이 아메리카로 떠났을 때 전 그들 때문에 손목을 자해하기까지 했습니다. 여기 제 아내한테 한번 물어보십시오."

"아니, 왜죠?"

의사는 자문하듯 물었다. 그러자 로코 트루니아가 냉소를 터뜨렸다.

"왜냐고요? 어머니는 제가 자기 아들이 아니라고 하더군요!"

"그게 무슨 말이죠?"

"의사 선생님, 어머니에게 직접 물어보세요. 전 더 이상 이러고 있을 시간이 없어요. 저기 있는 사내들이 여물을 실은 노새들을 데리고 와 절 기다리고 있어요. 일도 해야 되고…… 제가 지금 너무 흥분했네요. 어머니에게 들으세요. 그럼, 전 이만 물러가보겠습니다."

그렇게 로코 트루피아는 왔을 때처럼 한 손을 등에 대고 활처럼 두 다리를 넓게 벌린 채 구부정하게 걸어갔다. 의사는 떠나는 그를 잠시 눈으로 쫓다가 고개를 돌려 어리둥절해 있는 아이들과 그의 아내를 쳐다보았다. 여인은 괴로운 표정으로 눈을 지그시 감고 두 손을 모아 살짝 흔들며 체념의 한숨을 내쉰 뒤 말했다.

"신의 뜻대로 되겠지요!"

마을로 돌아온 의사는 이 믿을 수 없는 이상한 일의 진실을 빨리 밝히고 싶었다. 그리고 마침, 아침에 봤던 그대로 여전히 자기 집 문 앞 난간에 앉아 있는 노파를 발견하고는 다소 엄한 목소리로 그녀를 집에 초대했다.

"기둥 집에 가서 아주머님 아들과 얘기를 나누고 왔습니다."

의사가 말했다.

"왜 또 다른 아들이 있다는 걸 숨기셨습니까?"

마라그라치아가 의사를 쳐다보았다. 그녀는 처음엔 당황하더니 나중엔 거의 공포에 휩싸여 떨리는 두 손을 이마에서 머리 위로 가져가며 말했다.

"아, 선생님이 그 아들 얘기를 하시니 식은땀이 나네요. 제발 아무 말도 하지 말아주세요!"

"아니, 왜요?"

화가 난 의사가 물었다.

"도대체 아주머니에게 무슨 짓을 했습니까? 말씀 좀 해보세요!"

"아무 짓도 안 했어요."

노파가 바로 대답했다.

"그건 제가 양심상 인정해요! 아니, 오히려 늘 제 곁에 있어주고 존중해줬어요. 그런데 전…… 이거 보이시죠, 선생님? 이 얘기를 하자마자 제가 얼마나 떨고 있는지. 아무 말도 못하겠어요. 왜냐하면 의사 선생님, 그놈은 제 자식이 아니에요!"

젊은 의사는 인내심을 잃고 결국엔 감정이 폭발했다.

"아주머니 아들이 아니라니요? 그게 무슨 말이에요? 멍청하신 겁니까, 아니면 진짜 미치신 겁니까? 아주머님이 낳으신 게 아니에요?"

의사가 소리를 지르자 노파는 고개를 숙이고 충혈된 눈을 지그시 감으며 대답했다.

"네, 맞아요. 제가 아마 멍청해서 그럴 겁니다. 하지만 미치지는 않았습니다. 신의 뜻으로 제가 아예 미쳐버렸다면, 이런 고통은 느끼지도 않았겠지요! 선생님은 아직 젊어서 이해 못 할 일들이 있어요. 전 백발의 늙은이고 오래전부터 고통받고 있어요. 저는 별의별 걸 다 봤거든요! 다 봤다고요! 전 선생님이 상상조차 하지 못할 것들을 봤어요."
"그래서 대체 뭘 봤다는 겁니까? 말해보세요!"
의사는 추궁해 물었다.
"무시무시한 거요! 무시무시한 거!"
노파는 머리를 흔들며 한숨을 쉬었다.
"선생님은 아직 태어나지도 않았을 때입니다. 난 이 눈으로 다 봤고, 그 이후로 피눈물을 흘리고 있어요. 혹시 카네바르도라는 사람 얘기를 들어본 적 있습니까?"
"가리발디 말입니까?"
의사는 어리둥절해 물었다.
"맞아요. 그가 여기에 와서 시골이며 도시며 온 법을 뒤흔든 건요? 혹시 들어봤습니까?"
"네, 그럼요! 근데 가리발디가 무슨 상관입니까?"
"상관이 있어요. 그 카네바르도가 여기에 와서 마을의 모든 감옥 문을 열도록 명령한 걸 아실 겁니다. 그때 우리 마을이 얼마나 난리가 났는지 말도 마세요. 극악무도한 살인자와 도둑놈 들, 쇠사슬에 묶여 수년 전부터 원한을 품고 있던 그 잔인한 짐승 같은 놈들이 글쎄……. 그들 중에서도 콜라 카미치라는 악당 두목이 제일 폭악한 놈이었는데, 총이 제대로 장착돼 있는지 보려면 총탄을 확인해야 한다며 수많은 무고한 인명을 파리 죽이듯이 쏴 죽였어요. 그가 우리 지방으로 쳐들어왔어요. 그리고 농부들로 결성된 악당들과 함께 파르니아를 지나갔어요. 그런데 그는 그걸로 만족하지 않았어요. 더 많은 사내를 모으고 싶어 했죠. 그를 따르지 않는 자들은 모조리 죽였어요. 전 그때 결혼한 지 몇 년 안 돼 아들 둘이 있었어요. 지금 아메리카에 가 있는 내 핏줄들이요! 우린 포체토 땅을 거둬 살고 있었고 착한 제 남편이 소작했지요. 그런데 콜라 카미치가 지나가면서 제 남편도 억지로 끌고 갔어요. 이틀 후 남편은 거의 산송장이 돼서 집에 돌아왔는데 그땐 이미 이전의 제 남편이 아니었어요. 거기서 뭘 보고 왔는지 아무 말도 못 했어요. 불쌍한 인간, 강제로 무슨 짓을 저질러야 했는지 몸서리를 치며 두 손을 감추더군요. 아, 선생님. 그런 그를 보니 제 심장이 터질 것 같더군요. '니노!' 전 소리쳤어요. '니노, 대체 거기서 뭘 한 거야?' 대답을 못 하더군요. '도망쳐 나온 거야? 지금 또 당신을 잡으러 오면? 당신을 죽일 텐데!' 제 가슴이, 제 가슴이 제게 말을 하더군요. 하지만 제 남편은 불가에 앉아 말없이 외투 속에 두 손을 감춘 채, 실성한 사람 눈을 하고 한동안 바닥만 내려다보더군요. 그리고 말했어요. '차라리 죽는 게 나아!' 다른 말은 하지 않았어요. 사흘 내내 숨어 있다가 나흘째 집 밖으로 나왔어요. 우린 가난뱅이였어요. 일을 해야만 했지요. 그래서 일을 하러 나왔어요. 그런데 저녁이 됐는데도 그가 집으로 돌아오질 않더군요. 기다리고 또 기다렸어요. 전 이미 무슨 일인지 알고 있었죠. 그래도 생각했어요. '누가 아냐! 설마 죽이진 않았겠지? 다시 데리고 갔겠지?' 엿새 후, 전 콜라카미치가 악당들과 함께 몬테루사 영지에 있다는 것을 알게 됐어요. 그곳엔 있던 리구오리니회 신부들은 도망쳤지요. 전 미치광이처럼 거기로 달려갔어요. 포체토에서 6마일 이상 떨어진 길이었어요. 제 생전 그렇게 바람이 심하게 부는 날은 처음이었답니다. 바람이 보이는 건가요? 그날은 바람이 다 보이더라고요! 그 바람 소리는 살해당한 모든 영혼이 복수를 해달라고 외치는 소리 같았어요. 인간들과 신에게요. 온몸을 찢을 것 같은 그 바람 속으로 뛰어들자 바람이 절 데리고 가더군요. 전 바람보다 더 크게 소리를 질러댔지요. 그렇게 바람에 실려 수도원까지 도착하는 데 한 시간쯤 걸렸을 거예요. 수도원은 검은 포플러 나무들이 우거진 높은 언덕 위에 있더군요. 수도원을 둘러싼 담벼락 너머엔 넓은 안뜰이 있었어요. 한쪽에 있는 조그만 문으로 들어가게 돼 있었지요. 아직도 기억하는데, 그 문은 담벼락을 타고 뿌리를 내린 케이퍼나무의 울창한 가지들로 반은 가려져 있었어요. 진 문을 세게 두드리려고 돌멩이를 하나 주웠어요. 아무리 문을 두드려도 안 열어줬어요. 그래도 계속 두드렸더니 결국엔 열어주더군요. 아, 거기서 내가 뭘 봤는지!"

이때 공포에 휩싸인 마라그라치아가 충혈된 눈을 부릅뜨

며 자리에서 일어났다. 그러고는 손가락으로 갈퀴모양을 한 손을 부들부들 떨며 앞으로 내밀었다. 다음 말을 잇는데 더 이상 목소리도 잘 나오지 않았다.

"손에……."

잠시 후 그녀는 말했다.

"그 살인마들의…… 손에……."

숨이 막힌 것처럼 그녀는 말을 중단했다. 그리고 뭔가를 던지고 싶은 듯 손을 흔들었다.

"그래서요?"

의사가 놀라 물었다.

"거기, 그 안뜰에서…… 공치기를 하며…… 놀고 있더라고요. 근데 공이 아니라 흙으로 뒤덮인 검은…… 사내들 머리통으로요. 머리칼을 움켜쥐고요. 근데 그중 하나가 제 남편이었어요. 콜라 카미치가 제 남편의 머리통을 쥐더니 저한테 보여줬어요. 전 목과 가슴이 찢어지듯 큰 소리로 울부짖었어요. 제가 어찌나 크게 울부짖었는지 그 살인자들마저 떨었지만, 콜라 카미치는 제 입을 막으려고 손으로 제 목을 휘어잡았어요. 그러자 그들 중 하나가 광분해 콜라 카미치를 덮쳤어요. 연이어 하나둘 나중엔 열 명쯤 되는 사내들이 그를 둘러싸고 맹렬히 달려들었어요. 그 괴물 같은 잔혹한 독재자에게 질릴 대로 질린 사내들이 이때다 싶어 폭동을 일으킨 거예요. 전 제 눈앞에서 자기 동지들 손에 죽는 그 살인마를 보고 얼마나 속이 시원했는지 몰라요."

노파는 진이 빠져 숨을 헐떡이더니 온몸에 경련을 일으키며 의자에 털썩 주저앉았다.

공포에 질린 젊은 의사는 그녀를 안쓰러운 표정으로 쳐다보았다. 하지만 그것도 잠시, 다시 생각을 정리하자 이 잔인한 이야기와 그녀의 또 다른 아들이 대체 무슨 관계인지 이해되지 않았다. 그래서 물었다.

"얘기를 더 들어보세요."

숨을 가다듬자마자 노파가 말했다.

"맨 처음으로 반항한 그자요, 저를 방어해준 자. 그자 이름이 마르코 트루피아예요."

"아!"

의사는 외쳤다.

"그러니까, 그 로코가……."

"그의 아들이에요."

마라그라치아가 대답했다.

"생각해보세요, 선생님. 그 모든 광경을 보고 제가 그자의 아내가 될 수 있었을까요! 절 강제로 원했어요. 제가 소리를 지르고 그를 물고 하니까 세 달간 절 묶고 입에 재갈을 물려 자기 곁에 두었어요. 세 달 뒤 경찰이 그를 발견하고 감옥에 넣었고, 얼마 뒤 감옥에서 죽었어요. 그때 전 이미 임신 중이었어요. 아, 선생님. 정말이지 제 오장육부를 다 들어내고 싶었어요. 제 몸 안에 마치 괴물을 품고 있는 것 같았다고요! 죽어도 그 아이를 제 두 팔로 안을 수 없었어요. 그 아이를 품어야 된다는 생각만으로도 미치광이처럼 소리를 질러 댔어요. 그 아이를 낳았을 때 전 죽기 직전이었어요. 제 어머니가 출산을 도왔고, 저에게 아이를 보여주지조차 않았어요. 어머니는 아이를 즉시 그자의 부모에게 데려갔고, 그들이 그 애를 키웠어요. 이래도 그 아이가 제 아들이 아니라고 말할 수 없다고 생각하십니까?"

의사는 한동안 골똘히 생각에 빠져 아무 대답도 하지 않았다. 그러고 나서 말했다.

"하지만 결국 아주머니 아들이네요. 그에게 무슨 잘못이 있습니까?"

"아무 잘못도 없어요!"

노파는 바로 대답했다.

"제가 언제 제 입으로 그 아이를 비난한 적이 있답니까? 한 번도요. 멀리서조차 그 아이를 못 보겠는 걸 저보고 어떡하란 말입니까! 선생님, 그 애는 제 아비 판박이예요. 이목구비 하며 체격 하며 하물며 목소리까지……. 그 애를 보면, 보자마자 몸이 막 떨리고 식은땀이 난다고요! 그러면 저는 제가 아니에요. 피가 막 들끓는다고 해야 하나. 맞아요, 그래요! 그러니 어쩌겠어요?"

그녀는 흐르는 눈물을 손등으로 닦으며 그가 무슨 말을 할지 잠시 기다렸다. 그녀는 진짜 자식들, 그녀의 사랑하는 자식들에게 편지를 미처 못 전하고 이민자 무리가 떠날까 봐 여전히 생각에 잠긴 의사에게 용기 내 말했다.

"선생님이 해주기로 약속한 제 부탁을 지금 들어주실 수 있으시면……."

정신이 번쩍 든 의사는 준비가 됐다며 책상 앞 의자에 앉았다. 마라그라치아는 이번에도 역시 울음 섞인 목소리로 말을 전하기 시작했다.

"사랑하는 아들들에게……."

달의 저주

바타는 온몸을 웅크린 채 타작마당 한가운데 놓인 짚단 위에 앉아 있었다.

그의 아내 시도라는 문설주에 머리를 기댄 채 눈을 반쯤 감고 문턱에 앉아 이따금씩 고개를 돌려 걱정스럽게 그를 쳐다보았다. 잠시 후 무더위에 시달리던 시도라는 바람이 불기를 기다리듯 시선을 멀리 파란 수평선으로 옮겼다. 곧 노을이 질 때인지라 시도라는 남편이 자리를 툴툴 털고 일어나 모두 타버려 뻣뻣한 그루터기만 남은 헐벗은 밭을 지나 자신에게 오기만을 기다렸다.

무더위가 어찌나 심한지 타작마당에 남은 짚 위로 장작불씨 지피듯 열기가 피어오르는 게 보였다.

바타는 앉아 있던 짚단에서 짚 한 줄기를 뽑아 힘없는 손으로 징 박은 장화 위에 툭툭 쳐댔다. 아무 소용없는 짓이었다. 짚은 장화 위에 닿자마다 이내 구부러졌다. 바타는 침울해져 깊은 생각에 잠긴 듯 밭을 바라보았다.

흔들림 없이 음침한 노을의 광채 속 무더운 공기는 숨 막힐 정도로 너무나 답답했고, 계속 반복되는 남편의 그 부질없는 동작에 시도라는 견딜 수 없는 초조함을 느꼈다. 사실 시도라는 그의 행동 하나하나에, 그를 쳐다보는 것만으로도 매번 그런 불안에 짓눌렸다.

그에게 시집온 지 겨우 20일밖에 지나지 않았는데 시도라는 벌써 지치고 피곤했다. 그녀는 자신의 내면과 주변에서 뭔가 이상하고, 힘겹고, 섬뜩한 공허함 같은 것을 느꼈다. 나무 한 그루, 그늘 한 뼘 없이 그루터기만 남은 황무지 한복판, 마구간과 집이 붙어 있는 이 외떨어진 허름한 오두막에 들어와 산 지 불과 얼마 되지 않았다는 게 실감나지 않았다.

그녀가 이곳에서 울고 몸서리치면서 자신보다 스무 살쯤 연상인 과묵한 이 남자에게 몸을 내맡긴 지 20일쯤 지나자, 이젠 남편의 알 수 없는 알 수 없는 슬픔이 자신의 슬픔보다 점점 더 절망적으로 다가왔다.

시도라는 어머니가 자신에게 청혼이 들어왔다고 알리자 이웃 여인들이 했던 말이 기억났다.

"바타라고? 나 같으면 그런 사람한테 내 딸은 안 줄 텐데."

그녀의 어머니는 이웃 여인들이 부러워 그렇게 말한다고 믿었다. 바타가 꽤 부유했기 때문이다. 그들이 불안해할 수록 그녀의 어머니는 더더욱 결혼을 고집했고, 여인들은 그녀의 딸이 맞이할 행복한 미래의 기대감에 마지못해 동참해 주었다. 시도라는 바타에게 어떤 나쁜 감정도 없었지만 그렇다고 좋은 것도 아니었다. 그는 늘 저만치 떨어진 밭에서 어떻게 살고 있는지도 모르게 일만 했고, 노새 두 마리, 당나귀 한 마리, 방범견 한 마리를 벗 삼아 혼자 짐승처럼 살고 있었다. 그에겐 어딘가 이상하고 음산한 분위기가 풍겼고, 어쩔 땐 정신 나간 사람 같기도 했다.

하지만 그녀의 어머니가 굳이 그와의 결혼을 고집한 진짜 이유는 다른 데 있었다. 시도라는 그 이유가 기억났는데, 그 순간이 다른 생처럼 멀게만 느껴졌다. 하지만 그 기억은 선명하고 또렷했다. 시도라는 촉촉하게 끌리는 두 입술을 보았다. 마치 두 장의 카네이션 꽃잎 같은 그 선홍색 입술이 살며시 미소 지으며 열리는 것을 보았다. 그 미소에 그녀는 떨렸고 전신의 피가 끓는 느낌이었다. 그 입술의 주인공은 바로 그녀의 사촌 사로였다. 하지만 사로는 시도라의 깊은 사랑에도 불구하고, 필사적으로 그와의 결혼을 반대하는 그녀의 어머니를 설득하기 위해서라도 함께 몰려다니는 패거리를 정리하고 정신을 차렸어야 했는데, 결국 그러질 못했다.

물론 사로는 최악의 남편이었을 것이다. 하지만 그렇다고 지금 이 남편은 어떤가? 의심할 것도 없이 사로는 그녀에게 고생이란 고생은 다 시켰겠지만, 그래도 그녀를 엄습해오는 지금의 이 불안과 공포의 전율보단 낫지 않을까?

마침내 바타가 밀짚 단에서 내려왔다. 두 발로 선 그는 갑자기 현기증을 느껴 자기도 모르게 주위를 반 바퀴 돌았다. 두 다리가 마치 묶여 있는 듯 자꾸만 휘어 두 팔을 공중으로 들고서야 겨우 중심을 잡을 수 있었다. 그리고 그의 목에선 뭔가 성난 외침이 터져 나왔다.

시도라는 깜짝 놀라 급히 뛰어나갔다. 하지만 바타는 그녀에게 오지 못하게 손짓했다. 그의 입에선 주체할 수 없이 침이 흘러 말을 할 수가 없었다. 그는 헐떡거리는 소리를 내다가 속으로 삼켰고, 목구멍에서 새 나오는 꿀꺽꿀꺽 괴상한 소리와 함께 터져 나오려는 오열을 견디고 있었다. 회색빛이 감도는 창백한 얼굴 속 음울하고 몽롱한 눈의 그 광기 뒤로는 어린아이의 두려움 같은 것이 보였다. 그는 그녀에게 겁내지 말고 멀찍이 떨어져 기다리라고 계속해서 손짓했다. 그리고 마침내, 더 이상 그의 목소리가 아닌 소리로 말했다.

"안에…… 문 잘…… 잠그고…… 안에 있어. 겁내지 마. 내가 문을 두드리고, 흔들고, 긁고, 소리쳐도 겁내지 마. 문 열지 말고……. 됐어. 가! 가!"

"대체 왜 그래요?"

공포에 질린 시도라가 외쳤다. 바타는 다시 비명을 지르기 시작했다. 강력한 발작 경련으로 온몸이 얼마나 떨리던지 그의 사지가 여러 개로 늘어나는 것만 같았다. 그리고 잠시 후 그가 한 팔을 공중에 번쩍 들고는 소리쳤다.

"달이여!"

시도라가 집으로 달려가다 그 소리에 놀라 돌아보자 정말로 희미한 자색의 커다란 보름달이 크로카 마을의 납빛 구릉 위로 막 떠오르고 있었다.

그녀는 집 안으로 뛰어 들어가 문을 걸어 잠그고, 심하게 떨려 사지가 떨어지는 것을 막듯 자신의 온몸을 감싸 안았다. 그녀 역시 공포에 정신이 나가 비명을 질렀다. 잠시 후 남편이 늑대처럼 울부짖는 소리가 들렸다. 달의 끔찍한 저주에 휩싸인 그는 문밖에서 온몸을 꼬며 머리, 발, 무릎, 손으로 문을 쳐댔고, 갈퀴가 된 손톱으로 문을 긁어대다가 큰 숨소리를 토해내곤 했다. 그의 성난 광기는 극에 달해 문을 뽑아내 부술 듯했다. 그리고 이젠 개가 된 듯 멍멍 짖어대더니 다시 문을 긁고 침을 튀기며 늑대 울음소리를 냈다가 머리와 무릎으로 문을 쾅쾅 두드렸다.

"도와주세요! 도와주세요!"

시도라는 이 황무지에서 자신의 외침을 들을 사람이 없다는 것을 알면서도 큰 소리로 외쳤다.

"도와주세요! 도와주세요!"

그녀는 괴성을 질러대는 남편의 집요하고 사납고 맹렬한 폭력에 여러 버팀목을 댄 문이 금방이라도 무너질까 두 팔로 지탱하고 있었다.

아, 그를 죽일 수만 있다면! 그녀는 절망에 빠져 무기가 될 만한 것을 찾아 방을 두리번거렸다. 그때 벽 정면에 높게 나 있는 철창으로 달이 보였고, 달은 평온한 새벽 기운을 받아 선명히 하늘에 떠올랐다. 달을 본 그녀는 갑자기 그 저주에 사로잡힌 듯 비명을 내지른 후 의식을 잃고 고꾸라졌다.

정신을 차린 그녀는 정신이 몽롱해 자신이 왜 바닥에 쓰러져 있는지 기억하지 못했다. 그러나 문 버팀목을 보자 기억이 되살아났다. 밖에 흐르는 정적은 곧장 그녀에게 공포를 불러 일으켰다. 그녀는 자리에서 일어나 비틀거리며 문에 다가가 귀를 대보았다.

더 이상 아무 소리도 들리지 않았다.

한참 귀를 기울이던 그녀는 이제 이 알 수 없는 정적에 공포가 엄습해왔다. 그리고 극도의 불안감에서나 나올 법한 큰 숨소리가 가까이 들리는 것 같았다.

그녀는 곧장 침대 밑에 있는 상자를 밖으로 끌어냈다. 그리고 그 안에서 털망토를 꺼내 들고 문가로 다시 다가갔다. 다시 한참 귀를 기울이다 조용히 버팀목을 하나씩 들어낸 뒤 서둘러 말뚝과 빗장을 들었다. 그리고 문을 열자마자 바닥 틈새를 주시했다.

바타는 거기에 있었다. 마치 죽은 짐승처럼 침이 흥건한 얼굴을 아래로 하고, 온몸은 까맣게 멍들고 부어올라 두 팔을 벌린 채 엎어져 있었다. 달빛 아래에서 그의 개가 그 곁을 지키고 앉아있었다.

시도라는 숨을 죽이며 밖으로 나왔다. 천천히 다시 문을 닫고 개에게 움직이지 말라는 거센 손짓을 했다. 그리고 팔에 망토를 걸친 채 살금살금 걷다가 마을을 향해 시골길을 도망치듯 빠져나왔다. 아직 환한 달빛이 가득한 깊은 밤이었다.

그녀는 동이 트기 직전 어머니 집이 있는 마을에 도착했다. 그녀의 어머니는 방금 전 잠자리에서 일어나 있었다. 좁은 골목 끝에 위치한 굴처럼 어두운 오두막집은 이제 막 기름 램프로 밝아졌다. 머리는 온통 헝클어진 채 숨을 헐떡이며 시도라가 들어오자 갑자기 집 안이 꽉 찬 것만 같았다.

이 시간에 그런 몰골로 집에 온 딸을 본 어머니는 비명을 질렀고, 램프를 들고 나가 이웃집 여인들을 불러 모았다.

시도라는 펑펑 울면서 머리카락을 쥐어뜯었다. 그녀는 자신에게 일어난 이 일이 얼마나 엄청난 사건이며 자신이 얼마나 두려움에 떨었는지 어머니와 이웃 여인들이 알아주길 바라면서 말도 제대로 못 하는 척했다.

"달의 저주예요! 달의 저주!"

시도라의 얘기를 들은 여인들은 그 불길한 저주의 미신적 공포에 휩싸였다.

아이고, 불쌍한 딸! 그들은 시도라의 어머니에게 진작 말했다. 그 남자 어딘가 좀 이상하고, 뭔가 큰 결함을 감추고 있는 것 같다고. 그러니 그들 중 어느 누구도 그 남자에게 자기 딸을 주지 않을 거라고. 개처럼 짖어댔다고? 늑대처럼 울어댔다고? 문을 긁어댔다고? 아이고, 무서워라! 불쌍한 딸 같으니라고, 용케 죽지 않고 살아왔네!

지친 그녀의 어머니는 의자에 털썩 주저앉아 두 팔과 머리를 늘어뜨린 채 읊조렸다.

"아이고, 내 딸! 아이고, 내 딸! 아이고, 망가진 불쌍한 내 딸!"

황혼이 질 무렵, 바타가 안장을 얹은 노새 두 마리의 굴레를 잡아끌며 그 골목에 나타났다. 그는 여전히 명투성이에 온몸이 퉁퉁 부은 채로 지치고 낙담한 얼빠진 얼굴을 하고 있었다.

8월의 태양으로 화덕처럼 달아올라 반들반들 눈이 부신 골목의 석회 자갈길 위로 노새 발굽 소리가 들리자 여인들은 비명을 지르며 호들갑스럽게 의자를 들고 서둘러 자신들의 오두막집으로 들어갔다. 그리고 문 밖으로 얼굴을 내밀어 동정을 살피며 눈짓으로 신호를 주고받았다.

시도라의 어머니는 분노로 온몸을 부들부들 떨며 문턱에 단단히 벼르고 서서 소리쳤다.

"당장 가라, 이 못된 놈! 여기가 어디라고 내 앞에 다시 나타나? 꺼져! 당장! 이 못된 배신자, 당장 가지 못해! 네 놈이 내 딸을 망쳐놨어! 당장 가버려!"

시도라의 어머니는 한동안 큰 소리로 질타를 가했고, 시도라는 구석에 숨어 그가 집 안으로 한 발자국도 못 들이게 막아달라고 울면서 애원했다.

바타는 고개를 떨구고 그 모든 협박과 모욕을 듣고만 있었다. 그럴 수밖에 없었다. 자신이 품은 그 저주를 숨긴 건 엄연히 잘못이었다. 하지만 그 사실을 숨긴 건 이유가 있었다. 만약 고백했다면 어느 여자도 그와 결혼하지 않을 것이기 때문이다. 어쨌든 이제, 그 대가를 치르는 건 당연했다.

바타는 눈을 감은 채 한 발자국도 움직이지 않고 고통스럽게 고개를 내저었다. 그러자 장모는 그의 면전에서 문을 쾅 닫고는 빗장을 걸었다. 바타는 그 닫힌 문 앞에서 고개를 떨구고 한참을 그렇게 있었다. 한참 뒤 그가 다시 고개를 들었을 때, 그는 다른 오두막집들에서 자신의 동정을 살피는 겁먹고 당황한 많은 눈을 의식했다.

그들의 겁에 질린 눈은 이 낙담한 남자의 눈물을 보자 곧 애처로운 눈으로 바뀌었다.

제일 먼저 용기를 낸 여인이 그에게 의자를 가져다주었고, 이어서 하나둘씩 밖으로 나와 그의 주위를 에워쌌다. 바타는 묵례로 인사를 전한 뒤 그들에게 천천히 자신의 비운을 들려주었다. 자신의 어머니가 젊었을 때 이삭을 주우러 갔다가 타작마당에서 잠이 들어 아기를 밤새도록 달빛 아래 놓아두었다. 그 불쌍하고 순진무구한 아기는 밤새 배를 보이고 누워 눈을 휘둥그레 뜨고 팔과 다리를 버둥거리며 밝은 보름달을 벗 삼아 놀았다. 그때 달이 그 아기에게 마법을 걸었다. 하지만 그 마법은 수십 년 동안 잠들어 있다가 얼마 전부터 시작됐다. 그렇게 달은 보름이 될 때마다 그에게 저주를 내렸다. 하지만 그 저주는 그에게만 일어나기 때문에 다른 사람들은 조심만 하면 됐다. 그가 미리 저주를 느끼고 짐작했기 때문에 미리 조치를 취할 수 있었다. 게다가 저주는 딱 하룻밤 만에 끝나는 것이었다. 그는 자신의 아내가 좀 더 용기를 가지길 바랐지만 그러질 못하니 매번 보름달이 뜰 때마다 마을 친정어머니에게 가든지, 아니면 친정어머니가 집에 와서 아내와 같이 있을 수도 있다고 말했다.

"누구요? 내 어머니?"

바로 그때, 문 뒤에서 이야기를 엿듣다 화가 치민 시도라가 성난 눈으로 문을 열어젖히며 소리쳤다.

"당신 정말 미쳤군요! 내 어머니까지 놀라 미치게 하고 싶어요?"

그때, 그녀의 어머니가 밖으로 나와 팔꿈치로 그녀를 밀치더니 잠자코 집 안에 있으라고 명령했다. 그리고 그를 측은해하는 여인들 무리에 다가가 그들과 속닥이더니 나중에는 바타와 단둘이 얘기를 나눴다.

화가 나고 당황한 시도라는 문턱에서 어머니와 남편의 행동을 유심히 지켜보았다. 남편은 어머니에게 어떤 약속을 확고히 하는 것 같았고, 어머니는 그 약속을 기꺼이 받아들이고 있었다. 이 광경을 본 시도라는 소리를 질렀다.

"안 돼! 꿈도 꾸지 마세요! 둘이 무슨 꿍꿍이짓을 하려고요? 아무 소용없어요! 소용없다고요! 결정은 내가 해요!"

여인들은 시도라에게 그들 대화가 다 끝날 때까지 가만히 있으라는 손짓을 했다. 결국, 바타는 장모에게 인사를 하고 노새 한 마리를 건네주고는 착한 동네 여인들에게 감사 인사를 한 뒤 남은 노새 한 마리의 굴레를 잡아끌며 그곳을 떠났다.

"아무 말 마, 이 멍청아!"

어머니는 집으로 들어가며 곧장 낮은 목소리로 말했다.

"보름달이 뜰 때 내가 갈 테니까. 사로랑……."
"사로랑요? 저 남자가 그러래요?"
"내가 그랬어. 잠자코 있어! 사로랑 갈 테니까."

그녀의 어머니는 미소를 감추려고 시선을 떨구더니 머리를 감싸 턱 아래로 묶은 머플러의 매듭 끈으로 이가 몇 개 없는 입을 닦는 척하며 말했다.

"사로 말고 우리가 남자 친척이 있더냐? 사로가 우리를 도와줄 수 있는 유일한 친척이야. 그러니 아무 말 마라!"

다음 날 새벽 시도라는 남편이 남기고 간 노새를 타고 다시 시골로 향했다.

시도라는 29일이 지나 다시 새 보름달이 뜰 때까지 다른 생각은 하지도 않았다. 8월의 달이 점점 작아지고 점점 늦게 떠오르는 것을 본 그녀는 하루빨리 하현 때가 오기만을 바랐다. 얼마 후, 며칠 동안 달이 안 보이더니 황혼이 짙게 든 하늘에 자그마하게 새로 나온 달이 보였다. 달은 이윽고 점점 커졌다.

"두려워하지 마."

늘 달에 눈을 두고 있는 시도라를 보다 못한 바타가 말했다.
"아직 시간 남았어. 시간 있어. 재앙은 달의 저 두 각뿔이 없어지면 일어날 테니."

묘한 미소를 동반한 남편의 말에 시도라는 몸이 얼어붙는 것 같았고, 잔뜩 겁을 먹은 채 그를 쳐다보았다.

드디어, 고대했지만 동시에 두려운 저녁이 찾아왔다. 시도라의 어머니는 달이 뜨기 두어 시간 전에 사로와 말을 타고 도착했다.

바타는 전처럼 홀로 타작마당에서 온몸에 힘을 주고 서 있었고, 고개를 푹 숙인 채 그들에게 인사조차 하지 않았다.

공포에 떨던 시도라는 바타에게는 아무 말도 건네지 말라고 손짓를 한 뒤 그들을 집 안으로 데리고 들어갔다. 어머니는 곧장 괭이, 낫, 손수레, 바구니, 자루 등 낡은 연장이 쌓여 있는 어두운 창고를 들여다보러 갔다. 그 창고는 마구간으로도 사용하는 큰 방 옆에 딸려 있었다.

"너는 남자고."

어머니는 사로에게 말했다.

"너는 뭐가 어떻게 되는지 다 알고 있고."

그리고 딸에게 말했다.

"근데 난 늙은이라 너희보다 더 무섭구나. 그러니 여기서 혼자 숨죽이고 숨어 있으마. 밖에서 늑대가 되든 말든 난 문을 잘 잠그고 있을 테니까."

그들은 일단 밖으로 다시 나가 집 앞에서 한동안 이런저런 얘기를 나눴다. 날이 어두워질수록 시도라의 시선은 점점 흥분과 긴장으로 가득했다. 평소 명랑하고 쾌활하고 낙천적인 사로 역시 얼굴이 창백해지고 입가가 굳어지며 말수가 줄어들었다. 그리고 앉아 있던 담벼락 위에 가시라도 돋아난 듯 몸을 계속 들썩이며 겨우 침을 삼켰다. 사로는 저주가 닥쳐오길 기다리고 있는 그 사내를 간간히 훔쳐보며 크로카

마을 구릉 뒤로 언제쯤 달의 끔찍한 얼굴이 나타날까 지켜
보고 있었다.
 "아직 아무 일도 없어."
 사로가 두 여인에게 말했다.
 시도라는 아무렇지 않은 듯 활기 넘치는 손짓으로 대답했
고, 활짝 웃으며 그에게 유혹의 눈길을 던졌다. 사로는 뻔뻔
스러운 시도라의 그 눈길에서 달을 기다리며 힘주어 서 있
는 그 사내에게서보다 더 강한 공포와 두려움을 느꼈다.
 바타가 흐느껴 우는 소리를 내며 세 사람에게 얼른 집으
로 들어가라 손짓하자 사로는 숫양처럼 제일 먼저 오두막집
안으로 뛰어 들어갔다. 늙은 어머니가 기운 없이 창고 안에
몸을 숨기는 사이, 사로는 문 버팀목 하나하나를 재빠르게
걸었다. 이런 사로의 모습에 짜증이 나고 실망한 시도라는
비아냥대는 말투로 거듭 그에게 말했다.
 "천천히, 천천히…… 다치지 말고…… 나중에 알겠지만
별거 아니니까."
 별거 아니라고? 이게? 늑대 울음소리를 내며 문에 머리를
박고 발길질하고, 눈물 콧물을 뿜어내며 할퀴며 날뛰는 시도
라 남편을 본 사로는 머리가 쭈뼛쭈뼛 서고 등골이 오싹해
져 식은땀을 흘리며 눈을 꼭 감고는 공포에 떨었다. 별것 아
니라고? 제기랄! 뭐야? 저 여자도 미쳤나? 남편은 문 밖에서
저 난리인데, 시도라는 침대에 걸터앉아 다리를 흔들거리며
두 팔을 모으더니 웃으면서 그를 불렀다.

"사로! 사로!"

뭐라고? 미친 듯이 화가 난 사로는 시도라의 늙은 어머니가 숨은 창고 안으로 뛰어 들어가 그녀의 팔을 움켜잡고 끌어내 딸 옆에 앉혔다.

"여기, 이 여자 미쳤어요!"

사로가 외쳤다.

문 쪽으로 몸을 피하는 도중, 사로 역시 벽 정면에 높이 난 철창으로 달을 보게 되었다. 그 달이 문 밖에서 시도라의 남편에게 저주를 내리고 있다면, 안을 향해서는 그녀가 끝내 이루지 못한 복수에 축복과 저주의 웃음을 짓고 있는 것만 같았다.

항아리

 그해에도 올리브 농사는 풍년이었다. 작년, 꽃이 필 무렵 안개에 꽤나 시달렸는데도 올리브 나무들은 하나같이 열매를 주렁주렁 매달아 어김없이 다작을 재확인시켜주었다.
 프리모솔레 마을에 있는 자신의 할당 농지를 한참 돌아본 지라파는 창고에 있는 낡은 싸구려 법랑 항아리 다섯 개로는 새로 짠 올리브유를 다 담지 못할 걸 예상하고 카마스트라의 산토 스테파노에 있는 항아리 공장에 다른 항아리들보다 훨씬 큰 것을 하나 제때에 주문해두었다. 성인 남자의 가슴팍까지 오는 높이로 어마어마하게 크고 둥그런 그 항아리는 그가 가지고 있는 항아리 중 단연 으뜸일 것이다. 말할 필요도 없이, 지라파는 이 항아리 때문에 화덕 주인과 말다툼을 했다. 돈 롤로 지라파가 싸움을 걸지 않는 사람은 없었다. 하물며 담벼락에서 돌조각이 하나 떨어져 나가도, 볏짚 하나에도, 온갖 사소한 일에 소송을 걸겠다며 도시로 가야 하니 얼른 노새에 안장을 얹으라고 버럭 소리를 질러대곤 했다.

그는 소송서류에, 변호사들 수수료에, 이 말 저 말을 인용하며 늘 여기저기 비용을 대느라 반은 파산 상태였다.

들리는 소문으로는, 일주일에 두세 번씩 자기 앞에 나타나는 지라파를 보는 데 지친 그의 변호사가 아예 예배 때 보는 작은 책자 비슷한 것을 하나 그에게 선물했는데, 그것은 다름 아닌 법전이었다. 소송을 제기하고 싶으면 혼자 골머리 앓으며 법적 해결책을 강구해보라는 것이었다.

얼마 전까지는 지라파가 누군가와 싸우면, 사람들은 "노새에 안장 얹어!"라고 외치며 그를 놀리더니 이제는 "그 두꺼운 책을 참고해봐!"라고 했다.

그러면 지라파는 이렇게 대답했다.

"물론이지. 내가 다 박살내주마, 이 개자식들!"

4온스를 주고 산 그 큰 항아리는 창고에 자리를 마련할 동안 포도즙을 짜는 굴방에 두었다. 어디에서도 본 적 없는 항아리였다. 그렇게 귀한 항아리가 공기도 안 통하고 빛도 들지 않아 시큼털털한 포도 곰팡이 냄새가 찌든 그 작은 굴에 있으니 그야말로 보기 안쓰러울 지경이었다.

올리브 수확이 시작된 지 이틀째, 지라파는 다음 콩 농사를 위해 밭에 쌓아둘 거름 더미를 노새에 싣고 온 노새꾼들 사이에서 일꾼들에게 이렇게 일을 나눠주고, 누구를 먼저 신경 써야 할지 몰라 몹시 화를 내고 있었다. 그는 온갖 욕을 하며, 올리브 나무에 열매가 몇 개 달렸는지 알고 있다는 듯, 열매 한 알이라도 부족하거나 거름 더미의 양이 하나라도 다르면 이놈 저놈 할 것 없이 다 박살내겠다고 협박을 해 댔다. 그는 허름한 하얀 중절모를 쓰고 재킷 없이 셔츠의 가슴팍을 열어젖힌 채, 땀을 뚝뚝 흘리며 잔뜩 상기된 얼굴로 여기저기 뛰어다녔다. 늑대 같은 눈을 뒤룩뒤룩 굴리며 성난 손으로 마구 비벼대는 갓 면도한 그의 두 뺨에는 어느새 고집스러운 수염이 새로 자라고 있었다.

올리브 수확 사흘째가 저물어갈 즈음, 작업을 마친 농사꾼 세 명이 사다리와 갈대를 넣으려고 굴방에 들어갔다가 새 항아리가 둘로 쪼개진 것을 보게 되었다. 마치 누군가가 항아리의 볼록한 배 부분을 타고 앞부분 전체를 절단해 떼어놓은 것만 같았다.

"이것 좀 보게들!"

"누가 그랬지?"

"아, 이런! 이걸 돈 롤로에게 누가 말하나? 새 항아리인데 거참, 안됐네!"

그들 중 가장 겁을 많이 먹은 농사꾼은 사다리와 갈대를 굴방 외벽에 기대어 두고 곧장 대문으로 가서 쥐도 새도 모르게 가버리자고 제안했다. 그러자 다른 농부가 말했다.

"미쳤어? 그게 먹힐 줄 알아? 우리가 깼다고 믿고도 남을 텐데. 다들 움직이지 말고 여기 있어!"

그는 굴방 앞으로 나와 두 손을 입에 모으더니 큰 소리로 지라파를 불렀다.

"돈 롤로! 아이고, 돈 롤로!"

거름 하역 작업자들과 함께 저 아래 밭에 있던 지라파는 이따금씩 두 손으로 허름한 하얀 중절모를 꾹꾹 누르며 평소처럼 성난 손동작을 취하고 있었다. 어찌나 모자를 꾹꾹 누르는지 어쩔 땐 모자가 이마와 뒷목에 꽉 껴 잘 벗겨지지도 않았다. 서서히 석양이 지고 저녁 그늘과 함께 시원한 공기가 온 평원에 내려앉았지만 지라파의 행동은 점점 더 격해지기만 했다.

"돈 롤로! 아이고, 돈 롤로!"

집으로 올라가 그 사태를 본 지라파는 미치광이가 된 것 같았다. 처음엔 세 농사꾼에게 주먹을 휘두르더니, 그들 중 한 명의 멱살을 잡고 벽에 몰아붙이며 소리쳤다.

"젠장, 죗값을 치르게 될 게다!"

놀란 두 농사꾼이 흙색이 된 사나운 얼굴로 지라파를 제압하자, 그는 분에 못 이겨 하얀 중절모를 땅에 내팽개치더니 자신의 뺨을 갈기며 발을 동동 구르고 가족상이라도 당한 것처럼 소리 내 울기 시작했다.

"아이고, 내 항아리! 4온스짜리 내 항아리! 아직 제대로 한 번 써보지도 못했건만!"

그는 누가 그걸 깼는지 알아내야만 했다. 그냥 깨졌을 리가 없다. 누군가가 자신에게 모욕을 주려고, 아니면 질투심에 일부러 항아리를 깬 게 틀림없다. 그럼 언제? 어떻게? 하지만 폭력을 가한 흔적이 없지 않은가! 그럼 공장에서부터 이미 깨진 상태로 도착한 건가? 무슨! 항아리에서 맑은 종소리까지 났는데!

지라파의 화가 조금 누그러지자 농사꾼들은 그를 위로하고 진정시켰다. '항아리는 수리할 수 있다. 그렇게 형편없이 망가지지는 않았다. 한쪽만 깨졌다. 잘하는 땜장이가 새것처럼 붙일 수 있다. 이 일에는 기적 같은 고무 접착제를 발명해 그 비법을 비밀로 간직하는 지 디마 리카시가 제격이다. 그 접착제로 붙이면 망치로도 못 떼어낸다더라. 돈 롤로가 원하기만 하면 내일 새벽 당장 지 디마 리카시가 올 것이다. 그러면 항아리가 오히려 처음보다 더 튼튼해질 것이다.'

그 위로와 격려의 말에도 지라파는 모두 부질없는 짓이고, 더 이상 방법이 없다며 싫다고 했다. 그러나 그는 결국 그들의 설득에 응했다. 다음 날 새벽 정시, 지 디마 리카시가 연장이 든 광주리를 어깨에 메고 프리모솔레 마을에 모습을 드러냈다.

지 디마 리카시는 먼 옛날 사라센의 올리브 나무 밑줄기처럼 관절 마디마디가 휘고 울퉁불퉁한, 몸이 구부정한 늙은이였다. 그의 입을 한번 열게 하려면 갈고리를 들이밀어야 할 정도로 말이 없었고, 그 기형의 몸에는 심통인지 슬픔인지 모를 무언가가 깊게 자리 잡고 있었다. 또한 그는 아직 면허가 없는 발명가인 자신의 가치를 아무도 이해하지 못할 것이며, 그 진가 또한 아무도 알아보지 못할 것이라는 불신에 가득 차 있었다.

지 디마 리카시는 무슨 일이 일어난 건지 농사꾼들에게

설명을 해달라고 했다. 그리고 행여나 누구라도 자신의 비법이 담긴 물건을 훔칠까 싶어 연거푸 고개를 이리 돌리고 저리 돌렸다.

"어디, 그 고무 접착제 좀 봅시다."

한참 동안 지 디마 리카시를 경계하며 훑어보던 지라파가 먼저 말을 꺼냈다.

지 디마는 당당하게 고개를 저었다.

"일이 다 끝나면 보게 될 겁니다."

"어떻게, 잘되겠소?"

지 디마는 광주리를 땅에 내려놓고 그 안에서 휘휘 감아놓은 다 낡아빠진 빨간 면 손수건 뭉치를 꺼냈다. 그리고 주변 사람들의 관심과 호기심 속에서 천천히 손수건을 펼쳤다. 그 안에는 코 받침이 달린 안경이 있었고, 부러진 안경다리를 실로 칭칭 감아놓았다. 그가 한숨을 내쉬자 사람들은 웃음을 터뜨렸다. 하지만 그는 아랑곳하지 않고 안경을 손에 잡기 전에 손가락을 옷에 문질러 닦았다. 그리고 안경을 쓴 뒤 타작마당 한가운데 끌어다 놓은 항아리를 신중하게 살펴보았다. 그리고 말했다.

"잘될 겁니다."

이에 지라파가 조건을 붙였다.

"근데 고무 접착제만으로는 믿을 수가 없소. 봉합도 해주시오."

지 디마는 자리에서 벌떡 일어나 광주리를 어깨에 메더니 딱 잘라 대답했다.

"그럼 전 이만 가보겠습니다."

지라파는 그의 팔을 잡았다.

"어딜 간단 말이오? 젠장, 이런 식으로 일을 처리하시오? 이것 좀 보게나, 무슨 황제나 된 것처럼 구네그려! 아, 빌어먹을! 내 그 안에 기름을 넣어야 한단 말이오. 피땀 흘려 짜낸 기름을! 이렇게 길게 쪼개졌는데 고무 접착제로만 어떻게 한단 말이오? 봉합을 해야 된다니까. 고무 접착제랑 봉합 둘 다 하시오. 내가 하라는 대로만 해요."

지 디마는 눈을 꾹 감더니 입술을 깨물며 고개를 저었다. 다들 그랬다! 아무도 그에게 그의 방식대로 깔끔하게 일을 해낼 기쁨과 고무 접착제의 효능을 실험할 기쁨을 허락하지 않았다.

"항아리에서 다시 종소리가 나지 않으면……."

지 디마가 말했다.

"무슨 말인지 하나도 안 들리오."

지라파가 그의 말을 가로막았다.

"봉합을 하시오! 내 고무 접착제랑 봉합 비용 둘 다 내리다. 얼마요?"

"고무 접착제비만 하면……."

"이런 고집불통을 봤나!"

지라파가 소리를 질렀다.

"내가 뭐라고 했소? 봉합을 해야 한다니까. 수고비는 일다 끝나면 얘기합시다. 이렇게 당신과 실랑이할 시간이 없소."

지라파는 이 말을 남기고 일꾼들을 감독하러 가버렸다.

지 디마는 짜증과 분노로 가득 찬 채 일을 시작했다. 철실을 꿰기 위해 항아리와 깨진 조각에 송곳으로 하나하나 구멍을 낼 때마다 그의 분노는 점점 심해졌다. 송곳 끝으로 항아리를 후벼 파는 소리가 더 자주, 더 큰 소리로 그의 투덜대는 말소리와 섞여 들렸다. 그의 얼굴은 분노로 점점 퍼렇게 물들어갔고, 날카로워지는 그의 눈빛은 노여움에 불타올랐다. 첫 단계 일이 끝나자, 그는 광주리 안에 송곳을 내동댕이치고는 떨어져 나간 모서리와 항아리에 낸 구멍들의 간격이 일치하는지 맞대어 보았다. 그리고 구멍 수에 맞춰 집게로 여러 조각의 철실을 만들어놓고는 농사꾼들 중 한 명에게 도움을 청했다.

"기운 내요, 지 디마!"

지 디마의 붉으락푸르락한 얼굴을 본 농사꾼이 말했다.

지 디마는 성난 동작으로 손을 들어올렸다. 그리고 고무 접착제가 들어 있는 양철 상자를 열어, 어차피 사람들은 그 효능을 믿지 못하니 차라리 신이 그에게 내려준 것인 양, 그 고무 접착제를 공중에 대고 흔들었다. 그러고 나서 손가락으로 항아리의 쪼개진 가장자리를 따라 고무 접착제를 발랐다. 그리고 집게와 함께 준비해둔 철실 조각들을 손에 쥐고는 항아리 안으로 들어가더니 농사꾼에게 조금 전에 자신이 한 것처럼 항아리의 쪼개진 두 부분을 잘 맞춰 대보라고 했다. 그리고 항아리 안에서 봉합을 시작하기 직전 농사꾼에게 말했다.

"자, 한번 잡아당겨 봐! 온 힘을 다해서 잡아당겨 봐! 봤지? 안 떨어지는 거. 젠장, 사람 말을 안 믿고! 한번 쳐봐, 쳐봐! 내가 이 안에 있는데도 종소리가 나, 안 나? 가, 주인에게 얼른 가서 말해!"

농사꾼은 한숨을 내쉬었다.

"지 디마, 윗사람이 명령하면 아랫사람은 죽은 듯이 해야 되는 거예요! 얼른 봉합이나 하세요, 얼른요!"

지 디마는 접착한 항아리의 양쪽 구멍마다 철실을 통과시키고 집게로 철실 끝을 잡아 조였다. 작업을 다하는 데 한 시간이 걸렸다. 그는 항아리 안에서 땀을 줄줄 흘렸고, 일하는 도중 자신의 힘겨운 운명에 흐느꼈다. 농사꾼이 밖에서 그를 위로했다.

"자, 이제 날 좀 밖으로 꺼내줘."

일을 마친 지 디마가 말했다.

하지만 항아리는 몸통이 넓은 대신 입구는 너무나 좁았다. 화가 잔뜩 나 있던 그가 미처 생각을 못한 것이다. 아무리 밖으로 나오려고 애를 써도 방법이 없었다. 농사꾼은 도와 주기는커녕 배를 잡고 웃어댔다. 그렇게 자신이 수리한 항아리 속에 갇힌 지 디마가 밖으로 나오기 위해서는 다시 항아리를 깨는 것밖에 달리 방법이 없었다.

웃고, 소리 지르고, 난리 법석 통에 지라파가 허겁지겁 도착했다. 항아리 안에 있는 지 디마는 성난 고양이 같았다.

"날 꺼내주세요!"

그가 외쳤다.

"제발, 여기서 나가게 해줘요! 당장! 도와주세요!"

놀란 지라파는 당황해 어찌할 바를 몰랐다.

"아니, 어떻게? 저 안에? 저 안에 들어간 채로 봉합을 했단 말이야?"

그는 항아리 곁에 다가가 늙은 지 디마에게 외쳤다.

"도와달라고요? 내가 어떻게 도와줄까요? 이 멍청한 늙은이 같으니라고! 처음부터 미리 다 재봤어야지! 자, 나와봐요. 밖으로 팔을 내밀고…… 이렇게! 그리고 머리……. 자, 어서……. 아니, 천천히! 뭐야! 아래로……. 기다려봐요! 이렇게 하면 안 되고요! 아래로, 아래로……. 아니, 도대체 어떻게 한 거요? 그럼 이제 항아리는? 가만있자! 진정해! 진정하라고!"

그는 자신이 아니라 주위 사람들이 진정을 못하는 것마냥 권고하기까지 했다.

"아, 열불 나! 진정해! 이런 경우는 처음인데……. 노새 준비해!"

그는 손가락 마디로 항아리를 두드러보았다. 정말로 종소리가 났다.

"좋네! 고쳐는 났구먼. 좀 기다려보시오!"

지라파가 지 디마에게 말했다. 그리고 농사꾼에게 명령

했다.

"가서 노새에 안장을 얹어라!"

지라파는 열 손가락으로 이마를 긁적이며 속으로 생각했다. '어째 이런 일이 닥쳤담! 이건 항아리가 아니라 요물이구먼! 아, 멈춰! 가만! 거기 가만히!'

화가 날 대로 난 지 디마가 덫에 걸린 짐승처럼 그 안에서 온몸을 흔들자 지라파는 항아리를 잡으러 황급히 뛰어갔다.

"이보시오, 이런 일은 전례 없던 일이라 변호사가 해결해야 할 문제요. 나 혼자서는 못해요. 노새! 노새 가져와! 내 얼른 갔다 올 테니 조금만 더 참고 기다리시오! 여기서 나오는 일은 일단, 천천히! 가만히 있어요! 나는 내 일을 좀 봐야겠소. 우선, 나는 내 권리를 위해 의무를 다할 것이오. 그러니, 수고비는 지불하리다. 일당은 드리겠소. 5리라. 그거면 되겠소?"

"아무것도 필요 없소! 여기서 나가고 싶단 말이오!"

지 디마가 외쳤다.

"나올 거요. 일단 지불하리다. 여기, 5리라."

지라파는 속주머니에서 돈을 꺼내 항아리 안으로 던졌다. 그러고는 그를 위하는 척하며 친절한 목소리로 물었다.

"아침은 드셨소? 여기 얼른 빵과 먹을 것 좀 가져와! 왜? 싫소? 그럼 개한테나 줘버리시오! 난 어쨌든 준 걸로 된 거니까."

지라파는 지 디마에게 빵과 먹을 것을 가져다주라고 명령하고는 노새를 타고 시내로 달려갔다. 그를 본 사람들은 그가 어찌나 요상한 동작을 취하던지 제 발로 정신병원에 들어가나 생각할 정도였다.

다행히 지라파는 변호사 대기실에서 기다릴 필요가 없었다. 하지만 지라파가 이 일을 얘기하자 변호사가 어찌나 웃어대던지 그가 웃음을 멈출 때까지 한참을 기다려야 했다. 이에 지라파가 화를 내며 말했다.

"뭐가 그리 우습죠? 빌어먹을, 항아리는 내 거란 말입니다!"

그래도 변호사는 웃음을 멈추지 않더니, 더 웃고 싶은지 자초지종을 다시 얘기해달라 했다.

"그 안에요? 안에 들어간 채 꿰맸다고요? 그래서, 선생은 뭘 요구하신다고요? 그 안에…… 그냥…… 가둬두겠다고요? 하하하! 항아리를 지키기 위해 그를 그냥 그 안에 가둬두겠단 말예요?"

"그럼 내 항아리를 포기해야 합니까? 그 손해와 치욕은 어쩌고요?"

지라파는 두 주먹을 불끈 쥐고 물었다.

"이런 경우를 뭐라고 하는지 압니까? 이런 걸 불법감금이라 하는 겁니다!"

변호사가 말했다.

"불법감금이요? 누가 불법감금을 했다는 겁니까?"

지라파가 항의했다.

"자기 스스로 갇힌 거라고요! 근데 내가 무슨 잘못이 있나요?"

변호사는 지라파에게 두 가지 경우를 설명했다. 첫째, 지라파는 불법감금이라는 죄를 면하기 위해 즉시 지 디마를 꺼내주어야 한다. 둘째, 땜장이는 자신의 미숙함과 부주의로 인해 생긴 피해를 보상해야 한다는 것이었다.

"아, 물론이지! 나한테 항아리값은 지불해야지!"

지라파는 숨을 돌렸다.

"잠시만요! 근데 새것 값은 아니지요. 얘기는 바로 합시다!"

변호사가 말했다.

"왜죠?"

"왜긴요? 이미 깨져 있었으니까 그렇죠!"

"깨져 있었다고요? 아니, 무슨 말씀을. 지금은 멀쩡해요. 처음보다 더 멀쩡해요. 그자가 그렇게 말했다고요! 지금 내가 가서 그걸 깨면요, 이제 다시는 고치지 못할 거예요. 그럼, 영영 항아리는 잃어버리는 거라고요, 변호사 선생님!"

변호사는 항아리의 현재 상태에 맞춰 가격을 지불하게 하는 쪽으로 심사숙고하겠다고 지라파를 안심시켰다.

"아니면 그러지 말고, 그에게 가격을 매기게 해보세요."

변호사가 조언을 했다.

"알겠습니다. 그럼 전 이만 물러가보겠습니다."

지라파는 변호사에게 인사를 하고 서둘러 떠났다.

저녁 무렵, 지라파가 마을로 돌아오니 농사꾼들이 항아리를 에워싸고 한바탕 잔치를 벌이고 있었다. 방범견까지도 덩달아 폴짝폴짝 뛰고 짖으며 그 잔치에 껴 있었다. 지 디마는 진정됐을 뿐만 아니라, 자신에게 닥친 이 별난 사건에 나름 재미를 느꼈고, 불운한 사람의 서글픈 웃음을 웃고 있었다.

지라파는 농사꾼들을 제치더니 몸을 굽혀 항아리 안을 들여다보았다.

"아! 그 안에서 좋소?"

"아주 좋습니다. 시원하네요. 내 집보다 낫네요."

지 디마가 대답했다.

"잘됐네요. 일단 미리 말하지만, 이 항아리를 사는 데 4온스가 들었소. 그럼 지금은 얼마라고 생각하오?"

"날 포함해서 말입니까?"

지 디마가 물었다. 이 말에 마을 사람 모두 웃음을 터뜨렸다.

"조용!"

지라파가 소리를 쳤다.

"둘 중 하나요. 당신의 고무 접착제가 뭔가에 도움이 됐는지, 아니면 아무 쓸모가 없었는지. 다시 말해, 뭔가에 도움이 됐다면 현재 항아리 상태의 가격이 있을 게 아니오. 어디 당신이 한번 말해보시오."

지 디마는 한참을 생각하더니 말했다.

"대답하겠습니다. 우선, 만약 처음부터 내가 원한대로 고무 접착제로만 고치게 했으면 내가 지금 이 안에 있지 않을 것이고, 항아리도 대략 처음 산 가격의 가치가 있었을 겁니다. 그런데 이렇게 꿰맨 자국도 있고, 어쩔 수 없이 이 안에서 꿰매야 했으니 가격이 얼마나 되겠소? 3분의 1 가격이나 될까."

"3분의 1이요?"

지라파가 물었다.

"그럼 1온스 하고 33?"

"덜하면 덜했지 더는 아니오."

"좋소."

지라파가 말했다.

"당신이 그렇게 말했으니, 그럼 1온스 33을 주시오."

"뭐요?"

무슨 말인지 모르겠다는 듯 지 디마가 물었다.

"당신을 꺼내주기 위해 항아리를 깰 테니, 변호사 말대로 당신은 당신이 매긴 가격대로 내게 지불하시오. 1온스 33."

"하, 나보고 돈을 내라고요?"

지 디마는 어처구니없다는 듯 웃었다.

"농담이시겠지! 내 차라리 구더기가 생길 때까지 이 안에 있겠소."

지 디마는 힘겹게 안주머니를 뒤져 그 안에서 다 녹슬어 빠진 파이프를 꺼내 불을 붙이고는 항아리 입구로 담배 연기를 뿜어냈다.

지라파는 약이 오르고 화가 났다. 이렇게 지 디마가 더 이상 항아리에서 나오고 싶어 하지 않는 경우는 자신도 변호사도 예상하지 못했다. 이제 이 일을 어떻게 해결한단 말인가. 그는 노새를 준비시키라고 할까 했지만 이미 다 늦은 저녁때였다.

"아, 그래, 내 항아리 안에서 사시겠다? 여기 다 증인들이다! 난 항아리를 깰 준비가 돼 있는데도 이 자가 돈을 안 내려고 여기서 나오지 않는 거다! 이 자가 이렇게 이 안에 있고 싶어 하고, 내가 항아리를 사용하는 걸 방해하고 있으니, 난 내일 불법거주로 이 자를 고발하겠다."

지 디마는 항아리 밖으로 한 번 더 담배 연기를 훅 뿜어내더니 느긋하게 대답했다.

"아니, 무슨 말씀을. 난 당신을 방해할 생각이 전혀 없습니다. 내가 지금 여기 좋아서 있는 줄 아십니까? 날 꺼내주세요. 기꺼이 갈 테니. 근데 돈을 지불하라는 건, 어림없는 소리요!"

화가 치민 지라파는 항아리를 걷어차려고 발 한쪽을 번쩍 들었다가 이내 꾹 참았다. 그 대신 두 손으로 항아리를 잡고 마구 흔들어댔다.

"봤죠? 고무 접착제의 위력을?"

지 디마가 그에게 말했다. 그러자 지라파가 소리를 질러댔다.

"이 감옥에 처넣을 놈! 누가 잘못한 거냐? 나냐, 너냐? 근데 왜 내가 돈을 내야 되냐? 그래, 그 안에서 굶어 죽어라! 어디 누가 이기나 한번 보자!"

지라파는 그날 아침 항아리에 5리라를 던져 넣은 건 생각하지도 않고 그 자리를 떠났다. 지 디마는 그 돈으로 이 별난 사건으로 타작마당에서 밤을 지샌 농사꾼들과 한바탕 놀아보기로 했다. 그들 중 하나가 근처 식당에서 장을 봐왔다. 마침, 달도 대낮처럼 환하게 비춰주었다.

밤이 깊어 잠자리에 든 지라파는 시끄러운 소리에 잠이 깼다. 발코니에서 얼굴을 내민 그는 달빛 아래 자신의 앞마당에 있는 수많은 악마를 보았다. 술에 잔뜩 취한 농사꾼들이 항아리를 에워싸고 손에 손을 잡은 채 덩실덩실 춤을 추고 있었다. 그리고 지 디마는 그 안에서 목이 터져라 노래를 불러댔다.

지라파는 도저히 참을 수가 없었다. 그는 마치 성난 황소처럼 후다닥 뛰어 내려가 농사꾼들이 막을 새도 없이 항아리를 세게 밀쳐 저 아래 밭으로 굴러 넘어뜨렸다. 술에 취한 농사꾼들의 웃음과 함께 데굴데굴 굴러가던 항아리는 올리브 나무에 부딪혀 반으로 쪼개지고 말았다.

그렇게 이 싸움에선 지 디마가 이긴 것이다.

주여, 저들을 편히 쉬게 하옵소서!

 그들은 열두 명이었다. 남자 열 명과 여자 두 명이 위원회 임원이었고, 그들을 이끌던 신부까지 모두 열세 명이었다.
 현관에는 대기하는 사람들로 가득해 모두 앉을 자리가 없었다. 두 여자 사이에 있는 신부를 포함해 여섯 명이 앉았고, 그들 뒤로 일곱 명이 벽에 기대 서 있었다.
 두 여자는 검은 털망토를 눈 바로 위까지 덮어 쓰고 울고 있었다. 여자들의 흐느낌이 급박하게 밀려오는 걱정으로 더욱 숨 가빠지자 신부와 남자들의 눈동자도 촉촉이 젖기 시작했다.
 "그만들 울어요. 그만……."
 신부가 여자들을 위로했다. 하지만 신부의 목소리조차 감정에 복받쳐 있었다.
 살짝 머리를 들어 흥분과 분노가 깃든 불안으로 주위를 둘러보던 여자들의 눈은 울음으로 충혈되었다.
 신부와 그들 모두에게 찌든 거름 냄새와 염소에서 나는

악취가 풍겼다. 그 악취가 어찌나 심한지 다른 대기자들은 역겨워하며 얼굴을 찌푸리거나 코를 실룩거렸고, 어떤 이는 볼을 부풀리며 숨을 크게 내쉬기도 했다.

하지만 그들은 알지 못했다. 그건 그들의 냄새였고, 정작 자신들은 그 냄새를 맡지 못했다. 물 한 방울 없이 햇볕에 타 들어가는 먼 시골에서 가축들과 더불어 살아온 그들 삶의 냄새였다. 그들은 갈증으로 목이 타 죽지 않으려면 매일 아침 노새를 끌고 계곡 끝 흙탕물 도랑까지 한참 가야만 했다. 그러니 몸을 씻는 데 물을 낭비하는 건 어림도 없는 일이었다. 게다가 허겁지겁 뛰어다니느라 땀까지 흘린 상태로 초조함에 휩싸인 그들의 몸에선 시큼한 마을 냄새가 진동했고, 그 악취는 그들의 야생성의 상징과도 같은 것이었다.

설령 그들이 사람들의 그런 찌푸린 얼굴을 눈치챘다고 하더라도, 그건 사람들이 지주들과 공모(共謀)하고 있어서 자신들에게 적대감을 드러내는 거라고 믿을 것이다.

그들은 마르가리 영토의 바위산 지대에서 여기까지 왔다. 신부가 두 여자 사이에서 당당하게 앞장서고, 나머지 열 명은 그 뒤에서 무리를 지어 하루 전부터 온 도시를 돌아다니고 있었다.

징이 박혀 미끄러지기 쉬운 그들의 투박하고 거친 가죽 장화의 무거운 발걸음은 종일 포장된 도로에 섬광을 일으켰다.

며칠째 깎지 않아 뻣뻣한 수염을 한 농부들은 그들 특유의 무뚝뚝한 얼굴과 고뇌와 분노에 찬 눈빛 속에 간신히 화를 참는 표정을 담고 있었다. 그들은 미치지 않으면 다른 방법이 없을지도 모른다는 무언가 급박한 절박함에 쫓겨 온 듯했다.

그들은 시장도 찾아갔고, 읍 의회 모든 평의원들과 의원들도 찾아갔다. 그리고 다시, 도청에 두 번째 와 있었다.

전날 도지사는 그들을 만나주지 않았다. 하지만 그들은 울며불며 격하게 탄원과 협박을 하며 그들 영주에 대한 항의를 비서관에게 표명했고, 비서관이 시장, 도지사, 각료, 국왕 폐하조차도 그들의 요구 사항을 들어줄 힘이 없다고 아무리 설명해도 소용없었다. 결국 비서관은 울며 겨자 먹기로 그날 아침 11시, 영주인 마르가리 남작도 참석한 자리에서 도지사와 회견하도록 해주겠다는 약속을 할 수밖에 없었다.

11시가 지난 지 이미 한참이었고, 정오 종이 칠 때가 되었지만 영주는 아직 나타나지 않았다.

도청 회견 장소인 응접실의 출입문은 다른 대기자들에게도 닫혀있었다.

"아직 사람들 있어요."

수위들이 대답하곤 했다.

마침내 출입문이 열렸다. 안에 있던 사람들과 인사를 마친 그 마르가리 영주가 상기된 통통한 얼굴로 한 손에 손수건을 쥔 채 응접실 밖으로 나왔다. 비서관과 함께 있던 그는 작은 키에 뚱뚱하고 배가 불룩 나와 걸을 때마다 신발에서 삐

꺽삐꺽 소리가 났다.

앉아 있던 여섯 명이 자리에서 벌떡 일어났고, 두 여자가 날카로운 비명을 내질렀다. 신부가 당당하게 앞으로 나가 강한 어조로 외쳤다.

"하지만 이건…… 이건 배신입니다!"

"사르소 신부님!"

열린 응접실 출입문에서 수위가 외쳤다.

비서관이 신부에게 말했다.

"자, 대답을 위해 신부님만 불렀습니다. 혼자 들어가세요. 진정들 하세요, 여러분! 진정하세요!"

불안하고 당황한 신부는 들어가야 할지 말아야 할지 망설였다. 신부만큼 불안하고 당황한 그들은 부당함에 화가 나 울부짖었다.

"우리요? 우리는요? 뭐라고요? 무슨 대답이요?"

그들이 그 북새통에 소리를 지르기 시작했다.

"우리는 묘지를 원합니다! 우리도 세례받은 육신입니다! 도지사님, 죽은 우리 친척들은 살육당한 짐승들처럼 노새 등에 실려 가고 있습니다! 그들을 편히 쉬게 해주십시오, 도지사님! 우리도 우리의 무덤을 갖길 원합니다! 우리의 뼈를 묻을 한 뼘의 땅을요!"

여자들도 눈물을 흘리며 말했다.

"죽어가는 우리 아버지를 위해서입니다! 영원히 눈을 감기 전에 자신이 판 무덤에서 잠들 수 있는지 알고 싶어 하십니다. 우리 땅의 풀 밑에서요!"

신부는 두 팔을 올리고 누구보다 더 큰 목소리로 도지사 방문 앞에서 외쳤다.

"신도들의 간절한 애원입니다. 주여, 저들을 편히 쉬게 하옵소서!"

그 아수라장 속에서 도지사가 문턱에 나와 소리쳐 명령하자, 사방에서 수위와 보초와 직원 들이 나와 그들은 물론 다른 사람들까지 대기실에서 계단으로 밀쳐냈다.

도청에서 소리를 지르던 사람들이 모두 큰길로 쫓겨 나오자 대로 위로 큰 무리가 생겼다. 사방에서 쏟아지는 질문들로 분개와 흥분에 차오른 사르소 신부는 조난자처럼 두 팔을 흔들며 모두에게 대답하겠다는 듯 머리와 손으로 신호했다.

"네, 자, 이제…… 천천히…… 좀 비켜주세요. 네, 그러니까, 공권력이 국민을…… 내몰았습니다."

그는 열변을 토하기 시작했다.

"저들이 내세우는 모든 법 위에 계시며 모든 인간과 이 땅의 주인이신 신과 신자들의 이름으로 말씀드립니다! 신도 여러분, 우린 지금 이 땅에 단지 살기 위해서만 있는 것이 아닙니다! 우린 이 땅에 죽기 위해서도 있는 겁니다! 만일 인간의 법이 가난한 이가 발 하나를 대고 '이건 내 거다!'라고 말할 수 있는 한 뼘의 땅조차 허락하지 않는다면, 적어도 죽은 이에게마저 그 권리를 빼앗을 수는 없는 겁니다! 신도 여러분, 여기 이 사람들은 다른 불행한 4백 명의 이름으로 무덤을 가질 권리를 요구하기 위해 와 있는 겁니다! 우리는 땅을 원합니다! 우리 자신과 죽은 우리 친지들을 위해서!"

"묘지! 묘지!"

열두 명의 마르가리 사람들은 다시 두 팔을 올리고 눈물을 흘리며 외쳐댔다.

신부는 군중의 혼란에 다시 용기를 내 할 수 있는 한 높이 발끝을 들어 올려 군중을 평정하고자 외쳤다.

"자, 자, 보십시오, 신도 여러분! 여기 이 두 여인…… 어디 있습니까? 나오세요! 아, 여기, 여기 이 여인들의 아버지는 지금 임종 직전에 있습니다. 그 아버지는 우리 모두의 아버지이고, 우리의 족장이며, 우리 마을의 창시자입니다! 이제 예순을 넘긴 그는 지금 사경을 헤매고 있습니다. 그는 험한 산등성이 위에 있는 마르가리 땅으로 올라와 그의 손으로 직접 갈대와 진흙을 뭉쳐 첫 번째 집을 세웠습니다. 이제 그 위에 150가구 이상, 4백 명 이상의 주민이 살고 있습니다. 신도 여러분, 그곳에서 제일 가까운 마을은 7마일이나 떨어져 있습니다. 여기 이 사람들은 아버지, 어머니, 아내, 자식, 형제, 자매가 죽으면 험한 바위 사이 가파른 길을 따라 덜컹대는 관 속에서 오랜 시간 노새 등에 얹혀 운반될 그 친척들의 시신을 보는 괴로움을 겪어야만 합니다. 그뿐만이 아닙니다. 노새가 여러 번 미끄러져 관이 산산조각 나면서 시신이 급류 바닥의 자갈과 진흙 사이로 튕겨 나간 적도 있습니다!

신도 여러분, 이런 일이 일어나는 건 잔인하게도 마르가리 영주가 죽은 우리 친척들을 가까이 두고 지킬 수 있도록 마을 땅 밑에 작은 구덩이조차 허락하지 않기 때문입니다. 우리는 지금까지 큰소리 내지 않고 기도만 하면서 그 잔인한 영주에게 두 손 모아 간청하며 고통을 참아왔습니다! 하지만 신도 여러분, 우리 모두의 아버지가 죽어가는 지금, 그 늙은 아버지가 최초로 밝힌 불이 지금까지 타오르고 있는 수많은 집이 있는 그곳에 묻히고 싶은 열망 때문에 우리가 이렇게 호소하러 온 겁니다. 순전히 법적인 권리가 아니더라도 인간…… 뭐? 뭐야? 그러니까 인간적인, 인간…….”

신부는 더 이상 말을 계속할 수 없었다. 근위대와 경찰 소부대가 군중 속으로 파고들었다. 사람들의 야유, 휘파람, 박수와 함께 한참 혼란스럽다가 결국 군중은 해산되고 말았다. 사르소 신부는 한 대리인에게 팔을 붙잡혀 다른 열두 명의 마르가리 사람들과 함께 경찰서로 끌려갔다.

한편, 마르가리 영주는 신부의 건방진 연설에 동화된 대중의 강한 항의에 점점 숨이 막히고 짓눌려 한숨을 내쉬었다. 지인들 무리에 섞여 저만치 떨어져 있던 그는 사람들의 만류에도 불구하고 연설 중인 신부를 여러 번 덮치려 했다. 군중이 해산된 뒤 아직 남아 있는 사람들에게 둘러싸이 그는 마치 전쟁에서 죽다 살아난 사람처럼 흙빛 얼굴로 숨을 헐떡이며 몇 발자국 걸어 나와 말을 시작했다.

“저 사람들과 허풍쟁이 신부는 무덤을 가질 권리를 주지 않는다며 저와 제 아버지 돈 라이몬도 마르가리를 잔인한 야만인으로 몰아붙였지만, 사실 우리는 60년 전부터 저 두 여자의 아버지에게 전대미문의 횡령을 당한 희생자입니다. 그는 끔찍하고 난폭하고 온갖 악의로 가득 찬 사람입니다. 저는 수년 전부터 제 땅에 발도 들여놓을 수 없는, 말 그대로 말만 주인이었습니다. 저들은 세금과 임대료는커녕 허락도 없이 제 소유지에 침범해 집을 짓고 교회를 세웠습니다. 개인 경비대를 보내 개처럼 저들을 내쫓고 집들을 다 부숴 버릴 수도 있었지만 그렇게 하지 않았습니다. 오히려 저들이 토끼보다 더 많이 번식하며 살도록 내버려두었습니다. 한 명의 여자가 스무 명의 자식새끼들을 낳았고, 60년도 채 안 돼 마을 인구는 엄청나게 불어났습니다. 마을 사람들에게 의존해 살고 있는 저 변호사 신부는 자신의 교회를 유지하기 위해 사람들에게 세금을 내게 했단 말입니다. 그리고 사람들을 부추겨 여기까지 와서는 제 땅에 살아 있을 때뿐만 아니라 죽어서도 있겠다는 겁니다. 그것만은 안 됩니다! 암, 안 되고 말고요! 절대로요! 저들이 살아 있는 동안 꾹 참았지만, 죽어서까지 데리고 있으라는 억지는 절대 받아들일 수 없습니다! 더군다나 저들의 횡령이 죽은 자들과 함께 땅 밑에 뿌리를 내리면 안 되기 때문입니다! 도지사는 이런 제 입장을 인정했고, 근위대와 경찰을 마을로 올려 보내 모든 폭력을 막도록 지시하는 걸 허락했습니다. 부종으로 죽어가는 그 늙은 이는 두 딸과 저 신부가 묘지가 허용되지 않았다는 소식을 전해도 이미 파놓은 못자리에 산 채로라도 묻히려 할 게 분명합니다."

그날 오후, 경찰서에서 풀려난 사르소 신부와 그의 무리가 전날 맡겨놓은 노새들을 찾으러 상관(商館)으로 가자, 마르가리 구릉 마을까지 그들을 호송할 수많은 기병 근위대와 경찰이 기다리고 있었다.

"또?"

그들을 본 사르소 신부는 분노에 떨었다.

"또? 왜? 우리가 이렇게 경찰의 호송을 받을 만큼 악당이라도 된단 말인가? 하, 그래. 이게 나을 수도 있지. 아니, 수갑이라도 채우지들 그러나! 자, 자, 갑시다! 어서 말을 모시오들!"

신부는 박해를 당하고 고통받은 것만 같았다. 하지만 그는 지금까지 자신이 한 일에 자긍심에 차 호송대를 거느리고 하루빨리 마을에 도착하기만을 바랐다. 이 상황은 저 위, 마을 사람들에게 자신이 어떤 폭력을 감수하며 얼마나 열정을 다해 그 늙은이에게 못자리를 얻게 해주려고 노력했는지 증명할 것이다.

이미 날이 저물었고, 신부와 그의 무리는 전날부터 마을 사람들이 얼마나 자신들을 기다리는지 알고 있었다. 그 늙은이는 아직 살아 있는지 어떤지! 그들 모두 차라리 그가 세상을 떠났길 간절히 바랐다.

"아이고, 아버지. 아이고, 아버지……."

두 여자가 훌쩍거렸다.

그렇다. 정확한 소식을 모르고, 그들이 영주로부터 묘지를 만들어도 좋다는 허락을 얻어냈을 거라는 희망을 품은 채 죽는 게 차라리 낫다!

자, 어서, 어서……. 저녁 그림자가 사라지고 그들의 귀향이 늦어질수록 마을 사람들의 마음속에는 희망이 점점 크게 자리 잡을 수 있다. 그러면 실망도 훨씬 클 것이다.

그런데 이 무슨 요란스러운 말 행군인가! 근위대는 마치 전시 행군을 하는 것 같았다. 그들이 이렇게 많은 군대를 동반하고 돌아오는 것을 보면서 마르가리 사람들은 무슨 생각을 할지!

그 늙은이는 바로 알아차릴 것이다.

그는 부종 때문에 거대해진 종기로 숨이 막혀 침대에 누워 있지도 못할 지경이었고, 마을 사람들에게 둘러싸여 자신의 흙집 문 앞에서 죽어가고 있었다. 그렇게 그는 한 달 전부터 꾸준히 자신을 지키던 마을 사람들의 간호를 받으며 거친 숨을 몰아쉰 채 그날 밤에도 그곳에 앉아 하늘의 별을 바라보고 있었다.

이 근위대만이라도 사람들이 못 보게 하면 좋으련만…….

사르소 신부는 자기 옆에서 말을 타고 따라오던 사령관을 향해 물었다.

"좀 더 뒤에서 오면 안 되겠소? 떨어져 오란 말이오. 저 늙은이에게 우리가 허락을 받아냈다고 믿도록 해주면 안 되겠

난 말이오!"

사령관은 한동안 아무 대답을 하지 않았다. 그는 신부와 거리를 두고 있었고, 그의 말을 들어줬다가 자신의 위치가 위태로워질까 내심 걱정이 되었다.

마침내 사령관이 말했다.

"생각해봅시다, 신부. 일단 마을에 도착해서 어떡할지 봅시다."

몇 시간의 힘겨운 행보가 끝나고 오르막 산길이 시작되자 깜깜한 어둠 속에서도 불구하고 저 멀리서 놀라운 광경이 보였다. 이를 본 그들 모두는 더 이상 늙은이를 속이지 못하겠다고 생각했다.

거친 바위로 이루어진 가파른 경사 위로 마치 수많은 등불을 밝혀놓은 것 같았다. 크리스마스 구일기도 때처럼 여기저기 짚더미들이 활활 타올라 별이 총총한 하늘로 짙은 연기가 피어올랐다. 그리고 정말로, 구일기도 때처럼 사람들은 그 활활 타오르는 불꽃을 보며 노래를 부르고 있었다.

무슨 일이 일어났나? 자, 서둘러!

마을 사람들이 소박한 장례식이라도 치르기 위해 다 모여 있는 것 같았다.

병든 늙은이는 기다리나 지쳐 더 이상 버티지 못하고 숨막히는 초조함에 마음의 평정이라도 얻고자 스스로 파놓은 못자리 앞에 의자를 갖다 놓았다.

그는 몸을 씻고, 머리를 빗고, 수의를 갖춰 입고는 헐떡이는 거대한 짐처럼 의자에 앉아 있었고, 그 의자 옆에는 며칠 전에 전나무로 짜 놓은 관이 준비돼 있었다. 관의 뚜껑 위에는 검은 실크 두건과 털슬리퍼와 스카프가 놓여 있었다. 스카프도 검은 실크로 돼있었는데, 숨을 거두면 입이 벌어지지 않게 턱을 둘러 머리 위에다 묶기 위해 미리 끈 모양으로 접혀 있었다. 그렇게 마지막 의복에 필요한 모든 것이 준비돼 있었다.

그의 주위에선 등불을 든 사람들이 노인에게 연도(煉禱)를 노래했다.

"성모마리아여, 우리를 위해 기도해주소서! 성스러운 동정녀여, 우리를 위해 기도해주소서!"

그 불꽃의 섬광에 수많은 별이 광대한 둥근 천장의 하늘에서 반짝반짝 빛을 내며 응답했다.

노인의 머리 위로 밤의 미풍이 불어와 평소와는 다르게 반듯이 빗어 넘긴, 아직 젖어 있는 듬성듬성한 머리카락이 살짝살짝 날렸다. 그는 포개고 있던 부은 두 손을 살짝 움직이며 스스로 위로와 위안을 얻으려는 듯 숨을 깊게 내쉬며 신음했다.

"풀! 풀!"

얼마 안 있어 그의 묫자리 위로 풀이 돋아날 것이다. 그는 진한 청색의 두꺼운 면양말 속, 마치 물집이 잡힌 듯 부종으로 흉해진 두 발을 묫자리 쪽으로 길게 내밀었다.

잠시 후, 그의 주위에 있던 사람들이 산등성이 위로 어마

어마하게 많은 기병대가 검 부딪치는 소리를 내며 달려오는 것을 보고는 비명을 지르자 노인은 자리에서 일어나려고 애썼다. 그리고 뒤쫓아 온 일행의 울음소리와 힘겨운 대답을 들은 노인은 고개를 떨구며 못자리에 몸을 던지려고 했다. 경찰이 그런 그를 막자 사람들은 그를 보호하려고 주위에 빽빽이 들어섰다. 무리를 헤치고 들어간 대령은 사람들에게 그 죽어가는 노인을 당장 집으로 데려가고 모두 해산하라고 명령했다.

노인은 성자처럼 의자 위에 앉힌 채 들려갔다. 마르가리 사람들은 등불을 높이 들고 울며불며 바위산 위에 흩어져 있는 각자의 집으로 향했고, 그 위는 곧 불빛으로 환하게 밝아졌다.

호송대는 어둠 속 별빛 아래 남아 빈 못자리와 전나무로 짠 관을 지켰다. 관 뚜껑 위에는 여전히 두건과 스카프와 슬리퍼가 가지런히 놓여 있었다.

어느 하루

 실수였는지는 몰라도, 돌연 누군가에 의해 잠에서 깬 나는 어느 간이역에 멈춰 선 기차 밖으로 내던져졌다. 한밤중이고, 내 수중엔 아무것도 없다.

 황당함에 아직도 정신을 차릴 수가 없다. 내가 더욱 놀란 건, 내 몸 어디에도 상처 하나 찾아볼 수 없다는 것이다. 그뿐만 아니라, 내 머릿속엔 그 어떤 환영도, 한 줌의 막연한 기억조차 없다.

 나는 아무도 없는 어두운 어느 기차역 바닥에 쓰러져 있다. 도대체 내게 무슨 일이 일어났고, 어디에 있지, 누구에게 물어봐야 할지 모르겠다.

 나는 얼핏 누군가가 희미한 제등을 들고 서둘러 기차 문을 닫으러 가는 걸 보았다. 기차는 곧 출발했고, 흔들리는 불꽃으로 희미한 빛을 발하던 제등은 이내 기차역 안으로 사라졌다. 정신이 혼미한 나는 그를 쫓아가 이 모든 상황을 설명해달라고 항의할 생각조차 하지 못했다.

하지만 무엇을 항의한단 말인가?

나는 좀처럼 이 황당함에서 벗어나지 못한 채, 내가 기차 여행을 하긴 했는지 더 이상 아무 생각조차 나지 않는다는 걸 깨닫는다. 내가 어디서 출발했고 어디로 향하고 있었는지, 내가 정말 어디론가 가고 있었다면 뭘 가지고 있었는지 전혀 기억이 나지 않는다. 전혀 아무것도.

나는 이런 섬뜩하고 애매모호한 공백의 상태에서 내가 기차 밖으로 내쫓긴 것을 전혀 알아차리지 못하고 곧장 사라져버린 그 희미한 제등을 든 유령 같은 자에게 공포를 느꼈다. 아니면, 이 역에선 이런 식으로 내리는 게 너무나 당연한 일인가?

어두워 역 이름을 알아볼 수 없다. 하지만 이 도시는 분명 내가 모르는 곳이다. 이곳은 창백하고 어스름한 이른 새벽빛에 물들어 황무지 같다. 역 앞, 납빛 광장엔 가로등 하나가 아직 켜져 있다. 나는 가까이 다가간다. 정적 속에서 내 발걸음 소리에 겁이 난 나는 눈을 치켜뜨지도 못하고 내 두 손만 쳐다본다. 그리고 손등과 손바닥을 유심히 살펴보고 주먹을 쥐어보기도 펴보기도 한다. 내가 어떻게 생겼는지 느껴보기 위해 두 손으로 내 몸을 만져보고 온몸을 훑어본다. 내가 실제로 존재하는 건지, 이 모든 것이 실세인지조차 더 이상 확신이 없다.

잠시 후, 시내로 들어가 한 걸음 한 걸음 발을 내딛을 때마다 보이는 건 모두 깜짝 놀랄 만한 것이다. 더 놀라운 건, 나와 다르지 않은 사람들이 그 모든 것을 너무나 자연스럽고 흔한 일처럼 아무것도 신경 쓰지 않고 길 한복판을 걸어 다닌다는 것이다. 나는 무언가에 끌려가는 느낌이지만 어떤 물리적 힘이 감지되지는 않는다. 이 모든 것이 생소하기만 한 나는 가는 곳마다 걸음을 멈추고 싶어진다. 하지만 어찌됐든 간에 내가 어떻게, 어디서, 왜 여기에 왔는지 모른다면 당연히 내가 이상한 것이고, 다른 사람들이 정상이겠거니 싶다. 그리고 그들은 이 모든 것을 아는 것뿐만 아니라, 한 치의 의혹도 없이 자신들의 행동이 전혀 잘못된 것이 아니라고 여기는 것 같다. 그러니 만약 내가 그들의 모습이나 행동, 또는 표정을 보고 웃거나 놀란 모습을 보인다면 당연히 나는 그들로부터 놀라움과 비난, 혹은 분노를 사게 될 것이다. 나는 무언가를 알아내겠다는 강한 욕구와 함께 힐끔거리는 개의 눈처럼 의심 어린 나의 눈초리를 남들이 알아차리지 못하게 계속 지워내야 한다. 아무것도 모르고 이 모든 걸 파악하지 못한다면 내가 이상한 거다. 평범하고 쉬워 보이는 것조차 내겐 상식과 실제 개념이 하나도 없지만, 나도 다른 사람들처럼 자연스러운 것을 보듯 노력해봐야 한다.

어디서부터 다시 나를 만들고, 어떤 방법을 취하고, 무엇을 시작해야 할지 모르겠다.

늘 아이로 남아 아무것도 하지 않았는데 이렇게 성장할 수 있는 것인가? 어떻게 했는지는 몰라도 아마 꿈속에서 일을 했을 것이다. 아니, 분명히 일을 했다. 항상 일을 했고, 그것도 굉장히 많이 했다. 게다가 다들 그 사실을 알고 있는 것 같다. 왜냐하면 많은 이가 고개를 돌려 나를 쳐다보고, 누군지도 모르는 사람들이 내게 인사까지 한다. 처음엔 정말로 나한테 인사를 한 건지 의심스러워 내 옆도 보고 뒤도 돌아본다. 실수로 나한테 인사를 한 건가? 아니, 나한테 한 게 맞다. 당황스러운 나는 착각일 수 있음에도 불구하고 그 인사가 나에게 한 것이었으면 하는 헛된 바람과 충돌한다. 그리고 나는 이상한 당혹감에서 벗어나지 못한 채 마치 떠 있는 상태로 앞으로 나아간다. 정말 비참하기 그지없다는 건 나도 알지만 내가 입고 있는 이 옷이 뭔가 불분명하다. 이 옷이 내 옷이라는 게 이상하다. 이제야 의심이 드는 건, 조금 전의 그 인사가 나에게 한 게 아니라 이 옷에게 한 게 아닌가 싶은 것이다. 어쨌든 난 이 옷 외에 현재 아무것도 가진 게 없지 않은가!

  나는 다시 내 몸을 훑어본다. 입고 있는 재킷 가슴팍 주머니에서 작은 가죽 지갑 비슷한 것이 만져진다. 나는 내 옷이 아닌 이 옷에서 꺼낸 이 지갑 역시 내 것이 아니라는 확신이 든다. 마치 냇물이나 우물에 빠진 걸 건져낸 듯한 노랗게 색이 바랜 아주 낡은 가죽 지갑이다. 나는 서로 붙어 있는 이 지갑의 양면을 떼어내 그 안을 들여다본다. 잉크 자국이 번져 글씨를 전혀 알아볼 수 없는 접힌 종이 몇 장 사이에서 교회에서 아이들에게 나눠 주는 누렇게 변한 작은 성화(聖畵)를 발견한다. 그리고 그 그림 뒷면엔 거의 같은 크기의 색

바랜 사진 한 장이 붙어 있다. 나는 그 사진을 떼어내 관찰한다. 오! 맨살을 거의 다 드러낸 수영복 차림의 아름다운 젊은 여인이 담긴 사진이다. 그녀는 세차게 부는 바람에 머리카락을 휘날리며 인사하듯 활기차게 두 팔을 뻗고 있다. 왠지 모를 아득한 괴로움으로 그 사진을 들여다보는 도중, 확실치는 않지만 그녀의 인사가 나에게 하는 것 같다는 느낌이 든다. 하지만 아무리 노력해도 사진 속 그녀가 누구인지 알 수 없다. 어떻게 이렇게 아름다운 여인이 내 기억 속에서 사라질 수 있단 말인가? 그녀의 머리카락을 헝클어뜨리는 저 바람이 가져가버리기라도 한 건가? 한때 물에 빠진 이 가죽 지갑 속 성화 곁에 나란히 놓인 이 사진은 분명 약혼녀쯤 되는 여인의 사진이 틀림없다.

여전히 내 물건이 아닌 것 같은 의심 속에 다시 지갑을 들여다보다 숨겨진 공간에서 큰 액수의 지폐 한 장을 발견한다. 나는 좋기는커녕 오히려 혼란스러워진다. 얼마나 오랫동안 잊힌 채 그 안에 있었는지, 두 번 접은 그 지폐는 접힌 부분이 닳아 여기저기 작은 구멍이 나 있고 너덜너덜해져 있다. 나는 아무것도 가진 게 없으니 이 지폐가 무슨 도움을 줄 수 있지 않을까? 왜 이런 확신이 드는지는 모르겠지만, 그 작은 사진 속 여자의 모습이 그 지폐가 내 것이라는 확신을 준다. 그런데 바람에 헝클어진 이런 작은 머리의 여인을 믿을 수 있을까? 이미 정오가 지났고, 허기가 진다. 뭔가를 먹어야겠기에 어느 식당으로 들어간다.

놀랍게도, 여기에서도 나를 무척이나 환대하며 잘 대접해야 할 손님으로 맞이한다. 내게 준비된 테이블을 가리키며 착석을 위해 의자를 빼준다. 하지만 나는 양심에 걸려 망설인다. 손으로 주인을 불러 그를 한쪽으로 데리고 가 그 낡은 고액의 지폐를 보여준다. 깜짝 놀란 그는 안타까우리만큼 상태가 안 좋은 그 지폐를 이리저리 유심히 살펴본 뒤, 의심할 여지없이 큰 액수이지만 이미 오래전부터 유통이 안 되는 지폐라 말해준다. 하지만 그는 거리낌 없이 나 같은 사람이라면 은행에서 틀림없이 그 지폐를 현재 유통되는 다른 잔돈으로 환전해줄 거라고 한다.

주인은 그렇게 말하면서 길가로 나를 데리고 나와 가까이 있는 은행을 가리킨다.

은행으로 가니, 직원들도 모두 내 일을 도와주게 돼 기쁘다는 표정을 짓는다. 그들은 내 지폐가 아직 은행에 환수되지 않은 몇 안 되는 지폐들 중 하나로, 얼마 전부터 이 지방에선 작은 액수의 지폐가 아니면 더 이상 쓸 수 없다고 설명해준다. 얼마나 많은 돈으로 환전해줬는지 나는 당황스러워 숨이 막힐 정도다. 그 많은 돈을 넣을 데라곤 지금 당장 이 조난당한 가죽 지갑밖에 없는데 말이다.

은행 직원들은 낭황하시 말라며 나를 격려한다. 다 해결책이 있는 법, 은행 계좌에 내 돈을 예탁할 수 있다고 한다. 나는 다 이해한 척하며, 지폐 몇 장과 함께 나머지 돈을 맡긴 대신으로 내게 준 통장을 주머니에 넣고 다시 식당으로 돌아간다. 그 식당엔 내 입맛에 맞는 음식이 없다. 전부 소화가 안 될 것만 같다. 이미 주변엔 내가 아주 부자는 아니어도 분명히 가난하지는 않을 거란 소문이 돌았을 것이다. 그도 그럴 것이, 나는 식당을 나가면서 나를 기다리는 자동차 한 대를 발견한다. 운전기사가 한 손으로 모자를 들어 보이며 다른 한 손으론 자동차 문을 열어준다. 나를 어디로 데리고 가는지 모른다. 내가 어떻게 자동차를 가지고 있는 건지, 나도 모르는 사이 나는 집도 한 채 가지고 있는 것 같다. 그렇다. 나 이전에 분명 많은 사람이 살았고, 내 이후에도 계속해서 많은 사람이 살게 될 고풍스러운 멋진 집을 가지고 있다. 이 가구들이 정말 내 것이란 말인가? 하지만 난 마치 이 집의 침입자처럼 낯설기만 하다. 오늘 아침, 이른 새벽의 그 도시처럼 지금 이 집도 적막하게 느껴진다. 이 정적 속을 헤매며 나는 내 발자국 소리가 또 다시 무섭다. 겨울이라 저녁도 일찍 찾아와 춥고 피곤하다. 나는 기운을 내 걷다가 우연히 여러 출입문 중 하나를 연다. 나는 환하게 밝혀진 방을 발견하고 깜짝 놀란다. 침대 위에는 그 여인, 사진 속의 바로 그 젊은 여인이 살을 드러낸 두 팔을 여전히 활기차게 들고 있다. 하지만 이번엔 기쁨에 가득 차 나를 자신의 품으로 부르고 있다.

꿈인가?

그렇다. 꿈에서처럼 침대 위에 있던 여인은 밤이 지나 새벽이 되니 사라지고 없다. 아무 자취도 없이 사라졌다. 밤중엔 그렇게도 따뜻했던 침대가 지금 만져보니 마치 묘지처럼 차갑다. 온 집 안에는 해묵은 먼지 냄새가 나고, 오래전부터 생명이 시들어 있다. 그리고 이 지루하기 짝이 없는 피로를 견디기 위해서는 규칙적이고 유용한 습관이 필요하다. 나는 늘 그게 끔찍했다. 여기서 도망치고 싶다. 이게 내 집일 리가 없다. 이건 악몽이다. 가장 황당한 꿈들 중 하나를 꾼 것이 분명하다. 이를 증명하기 위해 나는 맞은편 벽에 달린 거울에 나를 비춰본다. 나는 곧장 공포에 젖어 끝없는 혼돈의 나락으로 빠져든다. 아직 어린아이인 것만 같은 나의 이 눈이 이런 노인의 얼굴을 보고 있단 말인가? 나는 공포에 휘둥그레진 내 이 눈을 믿을 수가 없다. 내가 벌써 이렇게 늙었단 말인가? 이렇게 갑자기? 어떻게 이럴 수 있는가?

문을 두드리는 소리가 들린다. 나는 흠칫한다. 누군가 내 자식들이 도착했다고 알려준다. 내 자식들이라고?

내가 자식이 있다니 놀라울 뿐이다. 그런데 언제? 어제 가졌을 것이다. 어제 난 젊었으니까 말이다. 이제 나이가 들었으니 그들을 알게 되는 게 당연하다.

내 자식들이 아이들 손을 잡고 들어온다. 그리고 곧장 나를 부축하러 달려온다. 그들은 내가 침대에서 일어났다고 애정 어린 핀잔을 주며 내가 힘들까 걱정하며 나를 안힌다. 내가, 힘이 든다고? 그렇다. 그들은 내가 더 이상 서 있을 수 없으며 몸이 아주 안 좋다는 걸 잘 알고 있다.

나는 앉아서 그들을 바라보고, 그들의 말을 듣는다. 꿈속에서 그들이 내게 장난을 치는 것만 같다.

 내 삶은 이미 끝난 건가?

 나는 일부러 못 알아차린 척하며 몸을 숙인 채 나를 둘러싸고 있는 자식들을 가만히 살펴보는 동안, 바로 내 눈앞에서 그들 머리 위로 수많은 흰 머리카락이 삐쭉삐쭉 올라와 쑥쑥 자라나는 것을 본다.

 "다들 봤지? 이게 장난이 아니라는 걸? 너희도 어느새 흰 머리카락이 있잖아. 그리고 방금 저 문으로 들어온 아이들을 좀 봐. 내 안락의자에 가까이 오자마자 훌쩍 커버렸잖아. 저 여자애는 벌써 아가씨가 되어 사람들의 눈길을 받고 싶어 하는구나. 제 아비가 말리지 않으면 내 무릎 위로 성큼 올라앉아 내 가슴에 머리를 기대고 팔로 내 목을 감싸 안지."

 나는 벌떡 일어서고 싶은 충동을 느낀다. 하지만 더 이상 그럴 수 없다는 걸 받아들여야 한다. 나는 이젠 방금 전 성장해버린 아이들이 지녔던 그 똑같은 눈으로 연민에 가득 차 그들을 바라본다. 이젠 이 새로운 세대 뒤에 있는 나이 든 내 자식들을.

어머니와의 대화

며칠 전부터 나는 혼자가 아님을 느꼈다. 무언가가 내 방 한 모퉁이 그림자 속에서 꿈틀거리고 있었다. 나를 애처롭게 따라다니던 그 그림자 속 영혼들은 아마도 나의 불안, 나의 초조, 나의 낙담, 나의 격분, 나의 모든 열정에서 생겨났거나 이제 서서히 생겨나고 있는 듯하다. 그들은 그렇게 나를 쳐다보고 탐지했다. 결국 내가 그들에게 고개를 돌릴 수밖에 없었던 건, 그들이 나를 뚫어지게 쳐다보고 있다는 느낌 때문이었을 것이다.

그처럼 힘겨운 순간, 그들이 아니면 누구와 진정한 소통을 할 수 있겠는가? 나는 그 모퉁이 가까이 다가갔고, 그들과 조용히 얘기를 나누고자 나의 열정에서 생겨난 그 영혼들이 누구인지 하나하나 식별하기 시작했다.

영혼들이 이미 살아 움직이던 그 방 모퉁이에 처음으로 가까이 다가가자 나는 전혀 예상치 못한 한 영혼을 만나게 되었다. 그 영혼은 단지 어제부터 거기에 있었다.

"아니, 어떻게! 엄마? 엄마가 어떻게 여기 있어요?"

자그마한 몸집의 어머니는 커다란 안락의자에 앉아 있다. 그 안락의자는 내 방에 있는 게 아니라 멀리 어머니의 옛집에 있던 것이다. 이제 더 이상 아무도 안락의자에 앉아 있는 어머니의 모습을 볼 수 없고, 어머니 역시 자신이 영원히 남기고 간 여기 주위의 모든 것을 보지 못한다. 따스한 햇살과 그 햇살에서 밀려오는 출렁이는 바다 냄새, 온갖 그릇이 진열된 반짝반짝 빛나는 유리 찬장과 큰 바다 마을의 대로를 향해 나 있는 발코니. 다른 사람들에겐 삐걱대는 마차들 왕래에 지나지 않던 매일의 반복되는 일상이 어머니에겐 고통스러운 권태 그 자체였다. 그리고 이제 초롱초롱한 어여쁜 눈으로 자신의 이야기에 귀 기울이던 사랑하는 손자들도 더 이상 보지 못한다. 하지만 누구보다도 그 두 명, 그녀 인생의 오랜 동반자인 남편과 마지막 순간까지 자신을 정성껏 간호해준 딸을 두고 세상을 떠나는 게 어머니에겐 무엇보다도 큰 고통이었을 것이다.

어머니는 무릎 위에다 두 주먹을 쥐고, 그 위에 이마를 얹고는 배의 통증을 견디기 위해 온몸을 웅크린 채 자신의 안락의자에 앉아 있다. 안락의자에 앉아 있으니 살아생전 자신이 도맡아 했던 온갖 집안일과 건강상 어쩔 수 없이 무위하고 지내며 느꼈던, 먼 추억과 오랜 고통을 오가는 영혼의 여행과도 같은 긴 사색의 고뇌, 그밖에 할머니로서 누린 마지막 기쁨까지 주마등처럼 스쳐 지나간다.

"아니, 어떻게! 엄마? 엄마가 어떻게 여기 있어요?"라는 나의 물음에 어머니는 고개를 들고 아직 스무 살의 눈빛을 지닌 그 두 눈으로 나를 쳐다본다. 하지만 얼굴은 핏기 없이 축 늘어졌고, 병과 나이로 지쳐 있다. 그렇게 어머니는 나를 쳐다보며 내가 멀리 떨어져 있어 임종 전에 미처 하지 못한 말을 하러 왔다고 한다.

"엄마, 모두에게 최대 고난의 순간인 지금 저보고 힘을 내라고 하시는 거예요? 그래야겠죠. 그런데, 엄마는요? 엄마야말로 바로 이런 순간에 나를 버리고 내가 매일 마음속에서 만나러 가던 엄마 집 그 모퉁이를 영영 떠나셨잖아요. 삶이 막막하고 불안해 힘들 때면 엄마는 늘 제 마음속에서 사랑으로 환하게 등불을 밝혀주셨고, 그 사랑으로 절 따뜻하게 감싸 안아주셨어요. 그러면 전 매번 어린아이로 되돌아가곤 했다고요."

어머니는 힘겹게 눈을 들었고, 심하게 고문당하고 상처받은 자신의 손을 감추기라도 하듯, 고되게 일한 그 작고 초라한 두 손을 배 위에 포갠 채 고뇌 어린 미소를 지었다. 손만 그렇게 포개고 있는 게 아니다. 살면서 가장 상처가 된 일들과 아직도 생생하게 자신의 마음을 아프게 하는 타인의 말들까지 그렇게 마음속에 감추고 있는 것이다. 그리고 어머니는 그 미소로 그런 자신의 상처보다 타인의 고통을 감싸고 있었다.

"내가 떠나면 안 되는 거였다고? 근데, 아들아. 너도 알다시피 난 너무 지쳐 있었지만 그건 내가 원한 게 아니란다. 기나긴 내 삶이 너무 힘들어 그렇게나 쉬고 싶었는데도 말이다. 아, 그 심한 고통 때문에 내 삶이 그리 길 거라고는 생각지도 못했는데……. 그러다 결국 죽음이 날 찾아온 거지! 난 죽고 싶지 않았어. 널 위해서도, 다른 모든 사람을 위해서도. 하지만 무엇보다 너를 위해서. 안다. 넌 내게 전장에 나가 있는 네 아들 때문에 너처럼 초조하고 불안한지 물었지. 아들아, 내 마음도 네 마음과 같단다. 어쩌면 그래서…… 아니, 아니다. 네가 무슨 상관이 있겠냐! 내 늙은 심장이 네 불안을 제대로 따라잡지 못한 탓이지. 그러다 멈춰버린 게지. 그런데 내겐 더 잘된 일이야. 진짜야, 더 잘된 일이라고. 널 위해 하는 말이다. 지금 이 말이 내 죽음으로 인한 고통에 위안이 될 테니까. 제대로 쉴 수가 없었어. 보이지? 내 몸이 얼마나 쇠약해졌는지. 그래도 그거 아니? 내 마음은 여전했단다! 내 심장도! 박동하느라 그렇게 지쳤어도 내 내면은 예전과 다름없었어. 어릴 때 못지않게 내 안에서 전력을 다해 뛰었지. 어린 시절 형제들과 놀던 일도, 당시 내가 알던 사람들의 얼굴과 크고 작은 사건들도 어찌나 다 그렇게 생생하던지. 내겐 당시의 삶이 진짜 삶이고 그 이후에 산 삶은 꿈같을 때가 많았어. 내 마음속에선 그 옛날이 그렇게 먼 과거가 아니라 바로 현재처럼 가깝게 느껴졌지. 아들아, 너도 알다시피 삶은 우리가 자식들에게 전해주는 것 아니겠니! 그러면 자식들이 그 삶을 사는 거고, 우린 우리가 전해준 삶이 자식들을 통해 뭔가로 우리에게 되돌아오면 만족하는 거니까. 하지만 그땐 그 삶이 더 이상 우리 것이 아닌 것 같지. 우리에게 삶은 우리가 준 게 아니라 우리에게 주어진 것으로 늘 남아 있거든. 그 삶이 얼마나 길다 해도 우리 안엔 늘 유년의 첫맛과 엄마 아빠의 얼굴, 그들의 애정 어린 관심과 우리를 위해 마련한 그때 그 집을 간직하고 있기 마련이지. 넌 내 삶이 어땠는지 알지. 내가 여러 번 얘기해줬으니까. 그런데 아들아, 그 삶을 사는 건 또 다른 거란다."

어머니는 머리를 가로저었고, 추억에 젖어든 두 눈망울이 반짝반짝 빛났다.

"내 삶이 말이지! 슬펐어. 처음엔…… 독재 정부에…… 보르보네 왕가에. 나는 열세 살 때, 내 어머니랑 형제자매들, 그중 나보다 한 살 어린 여동생이랑 두 남동생까지 우리 단 여덟 명만 태운 커다란 어선을 타고 미지를 향해 망망대해를 건넜단다. 몰타 섬을 향해. 내 아버지는 정치 음모로 위기에 처해 있었고, 정치 성향의 시를 썼다가 1848년 혁명 이후 보르보네 특별사면에서 제외돼 그곳으로 유배당했어. 그 당시 난 아버지를 이해하지 못했고, 아버지의 그 모든 고통이 어떤 건지 몰랐어. 내게 있어 아버지의 유배는 엄마를 울게 만드는 것, 당혹감, 수많은 아이들에게서 집과 장난감과 풍족감을 앗아가는 것을 의미했어. 마치 돛 꼭대기로 별들을 가리키듯, 하늘 높이 치솟아 바람에 힘차게 펄럭이던 그 크고 하얀 돛을 달고 항해하는 것도 마찬가지였어. 주위엔 정말이지 바다밖에 없더구나. 바다가 어찌나 파랗던지 거의 까맣게 보였어. 아직도 바다를 보면 그때 그 당혹감을 느껴. 그런데도 그런 역경을 겪은 어린 아이의 자존심은, 검은 옷을 입은 아이에게 이런 말을 하게 만들더구나. '그거 아니? 나 상 당했다!' 마치 검은 옷이 다른 아이들이 누리지 못하는 큰 특권인 것마냥. 그리고 당장은 아무것도 제대로 보지 못하는 총총한 두 눈으로 앞으로 보게 될 새로운 것들에 대한 막연한 불안도 느꼈어. 그런데 엄마가 두 장남들 품에서 우는 걸 봤어. 큰 형제들은 상황을 이미 다 알고 이해했거든. 그제야 우리 막둥이들도 미지에서 보게 될 게 좋은 일은 아닐 거라고 어렴풋이 짐작하게 되었지. 처음엔 고초 섬, 나중엔 몰타 섬……. 참 멋지더구나! 파란 포구에 있던 그 하얗고 작은 부르물라 마을. 계속 울어대는 엄마만 없었어도 구경할 게 참 많았는데 말이다. 아버지가 있는 몰타 섬에 도착한 지 얼마 되지 않아 우리 막둥이들도 우리가 무슨 일을 겪고 있는지 알 수밖에 없었고, 그 상황을 이해하자마자 더 이상 어린아이로 남아있을 수가 없더구나. 우리 집에 아버지를 보러 어른들이 찾아왔어. 다들 슬프고 음울했지. 그들은 부활한 독재주의가 또다시 모두를 고문하는 조국을 멀리서 지켜보며 마치 귀머거리처럼 자신의 처지를 말하는 데만 열중하는 듯 했어. 그들의 말 한마디 한마디가 침묵 속에서 웅덩이를 파는 것 같았어. 그들은 당시 조국을 위해 아무것도 할 수 없어 그곳에 있을 수밖에 없었지. 아무것도 할 수 없었어! 어떤 이들은 분노만 할 수밖에 없는 절망에 괴로워하다 기회가 생기면 바로 피에몬테나 영국으로 떠났지. 다들 우리를 떠나더구나. 하지만 자식 일곱과 아내를 두고 우리 아버지가 뭘 할 수 있었겠니? 떠나는 그 사람들에게 마지막 인사만 할 수밖에. 자신을 떠나가는 삶에게도 그 마지막 인사를 하는 수밖에. 자신의 무능함에 대한 화와 무게, 자신이 유배를 가던 바로 그날, 보르보네 왕인 페르디난도를 위해 사람들과 대성당에서 〈테 데움〉을 합창했던 동생에게 구걸하며 살아야 하는 비굴함, 끝없이 이어지는 애도, 복수와 해방의 그날을 보지 못할 거라는 절망에 아버지는 마흔여섯의 나이로 조금씩 조금씩 생을 마감하고 계셨지. 임종 직전, 아버지가 우리를 침상 가까이로 부르시더구나. 그러고는 우리 자식들에게 늘 조국을 생각해야 하며, 조국의 해방을 위해 삶을 바치겠다는 약속과 맹세를 하게 하셨다. 그렇게 어머니는 과부가 되고, 우리 일곱 명은 반 고아가 되어 다시 고국으로 돌아갔지. 아버지가 유배지에 있던 동안 우리의 생계를 이어주던 삼촌 집 문 앞에서 구걸을 하면서 말이야. 삼촌은 정말이지 너무 착해서 성인도 그런 성인이 없었어. 이전부터 우리에게 베풀던 그 선의를 아무 불평 없이 계속 베풀어줬거든. 그게 삼촌에겐 매일매일 이겨내야 힐 두려움의 대가였는데도 말이야. 우리 때문에 들어야 할 모욕도 못 들은 척 참아야 했고, 자신의 습관, 생각, 감성까지도 모욕당해야 했어. 게다가 삼촌은 사람들의 짓궂은 행동들도 참아내야 했어. 처량한 미소를 짓게 만들던 익살스러운 방편과 천진한 기교들로 순간을 모면하려던 삼촌을 볼 때마다 우린 삼촌에게 더욱 더 애틋함을 느꼈지. 넌 내가 여러 번 "사제 삼촌!" 하는 소리를 들었을 게다. 하지만 네가 어떻게 알겠니. 삼촌의 그 옛집이 어땠는지, 거기서 어떤 삶의 냄새가 풍겼는지, 삼촌이 얼마나 키가 작았는지, 몸통은 크고 다리가 짧았거든. 다리가 얼마나 짧은지 앉았을 때보다 서 있을 때 키가 더 작았어. 그래도 참 미남이었지. 삼촌은 눈을 내리깔고 손톱을 들여다보며 무슨 뜻인지 알 수 없는 소리를 가끔씩 읊조리곤 했어. '카타리! 카타리! 실상 맹세할 수도 있었건만……' 그리고 어찌나 천둥소리를 무서워하던지! 삼촌은 금지된 것에 호기심이 강해서 교황들 이야기인 《베네벤토의 전투》 같은 책을 몰래 읽곤 했는데, 이따금씩 몹시 광분해 책을 덮고 주먹으로 내려치면서 '이 사람 미쳤구먼!' 하고 소리를 지르다가도 잠시 후 처음부터 다시 읽기 시작했어. 아, 불쌍한 삼촌! 어쩔 땐 우리가 삼촌한테 배은망덕하기도 했지. 언젠가 보르보네 경찰대가 그새 성장해 반정부 공모를 하던 내 형제들 때문에 삼촌 집으로 들이닥쳤어. 아직 어린 소녀였던 난 삼촌이 너무 겁을 내며 그놈들 앞에서 벌벌 떨며 하라는 대로 다 하라길래 큰 소리로 그랬지. '삼촌, 겁내지 마세요! 삼촌이 우리 아빠가 망명되던 날 대성당에서 〈테 데움〉을 부르러 간 거 온 동네 사람들이 다 아는 데요, 뭐!' 기운이 다 빠진 불쌍한 삼촌은 손톱을 들여다보고 절규를 하며 그 자리를 떠났지. '카타리. 아이고, 이 여자야. 카타리. 아이고, 이 여자야!' 그래, 정말이지 그땐 내가 여자인 게, 내 형제들을 따라갈 수 없던 게 너무나 괴로웠다! 나는 창고 안 어둠 속에서 삼색 깃발을 꿰맸어. 나보다 어린 남동생은 다른 반정부자들과 함께 그걸 들고 1860년 4월 4일 보르보네 군부대를 향해 돌격했고, 같은 시각 팔레르모에선 내 형제들 중 하나가 간치아 수도원에서 돌진해 나왔어. 한편, 우리가 살던 곳에선 많은 사람이 광장으로 나와 싸우겠다고 맹세하고선 보르보네 군대 2천 명에 고작 다섯 명이 나가 있었지. 우리가 그날 얼마나 불안에 떨었는지 넌 이해할 수 있을 게다. 두 형제가 하나는 여기에, 다른 하나는 저기에……. 그래, 지금 네 아들을 향한 네 불안 같은 거지. 당시엔 우리와 함께 엄마도 계셨어. 엄마는 남은 우리 때문에도 불안해하셨지. 형제들이 기적처럼 도망친 뒤 무장경찰들이 또다시 수사하러 들이닥치자 엄마는 딸들을 발코니에 각각 한 명씩 두고는 명령했지. '너희 몸에 손을 대거나 하면 바로 아래로 투신해라.' 아, 우리 엄마야말로 구식의 꼿꼿한 여인이셨지! 말도 마라, 아스프로몬테 사건 이후 여러 달 동안 가리발디 대원들이 포로 생활을 하던 내내 엄마는 군대 저격대 장교로 있던 가장 어린 남동생에게 가속 소식을 일질 일리지 않으셨어. 행여나 남동생이 가리발디를 쏜 저격수들 사이에 있었거나, 그 불길한 날 다른 형제의 적이 돼 가리발디 장군의 구멍 난 피 묻은 장화를 거둔 운명이 아닐까 싶어서였다. 무슨 그런 날이

다 있는지! 어쩌면 너와 네 형제들이 태어난 것도 그날 때문이라고 할 수 있지! 내 동생이 제노바에 있던 산 베니노 부대에서 포로 생활을 마치고 돌아왔을 때, 들뜬 마음으로 동생을 기다리던 엄마와 우리에게 지방 사람들이 개선 행진하듯 동생을 데리고 오더구나. 바로 그때, 내가 너희 아버지를 처음 알게 되었다. 너희 아버지도 아스프로몬테에서 싸우고 돌아온 생존자로 60년대 가리발디 대원이었고, 제노바 출신 헌병이었어. 그때 난 이미 스물일곱이었고, 결혼 생각은 이미 접고 있었지. 하지만 너희 아버지가 내게 청혼했을 때 난 그가 원하는 대로 하지 않을 수 없었다. 그 좋은 인성이, 그 역동적인 시대에 더더욱 내 마음을 지배했거든. 너희도 잘 알다시피, 다 늙은 지금도 조국의 영광을 빛내는 일엔 아이처럼 펄쩍 뛰며 기뻐하고 감동하지 않니. 그 마음과 내 마음이 맞아 너희들이 세상의 빛을 보긴 했지만, 계속 이어진 무겁고 어두운 시대에 삶이 늘 좋을 수만은 없었단다. 나도 다 안다! 그리고, 아들아! 지금도 난 안다. 너의 그 고통을. 어쩌면 여자인 나의 마음이 타들어갔던 것과 같은 것일지도 모르겠다. 우리가 원했던 것을 직접 하지 못하고 다른 이들이 하는 것만 지켜봐야 하는 아픔과 우리 자신의 고통은 참을 수 있지만, 다른 이들의 고통은 우리를 너무나 힘들게 한다는 거……. 그래, 아들아! 이런 시국에 내가 널 찾아온 건 바로 이 말을 해주기 위해서란다. 넌 이 전쟁을 원했지. 원하지 않는 많은 사람과 달리 말이야. 넌 알고 있었잖아. 이 전쟁으로 네 삶의 희생의 대가는 적을지 몰라도 네 아들의 위험은 너무 클 거라는걸. 넌 전쟁을 원했어. 그러니 네가 전장에 나간 것 이상의 고통을 감수해야만 하는 거야. 네겐 그걸로 충분해. 아, 네 아들에게 신의 가호가 있기를! 나는 고통스러워도 승리의 그날까지 좀 더 견뎌내길 바랐다. 하지만 어쩌겠냐! 난 고통을 피하려고 한 게 아니다. 승리가 확실해질 때 난 그 기쁨을 누리지 못하겠지. 하지만 네 아버지가 남아서 그 승리를 보는 것만으로 족하다. 너희, 특히 늘 그렇게나 멀리 있던 너는 내가 아직 살아 있다고 생각해주려무나! 너한테 난 늘 살아 있는 거 아니니?"

나는 어머니에게 말한다.

"그럼요, 엄마! 살아 있고 말고요……. 그런데 그것 때문이 아니에요! 저에 대한 애처로움에 가족들이 엄마의 죽음을 숨겼다면 전 여전히 엄마가 돌아가셨다는 사실을 모를 수도 있고, 제 머릿속에 늘 그리고 있는 것처럼 엄마가 손자들에게 둘러싸여 여전히 그 모퉁이에 자리 잡은 안락의자에 자그마한 몸집으로 앉아 계시거나 가족을 보살피느라 여념 없는 모습을 상상할 수도 있어요. 실제와 같은 어머니의 삶을 상상하며 전 계속 그렇게 엄마를 생각하며 살 수도 있다고요. 수년 간 그렇게 멀리 떨어져서도 그 같은 이머니의 삶을 상상한 것처럼요. 그런데 엄마, 제가 우는 건 다른 이유 때문이에요! 전 엄마가 더 이상 제게 삶을 주지 못한다는 사실 때문에 우는 거예요. 제 삶에서 격려와 지지를 영영 상실

했거든요. 엄마가 그 모퉁이에 앉아 계실 때 전 생각하곤 했어요. '멀리서 엄마가 날 생각한다면 나는 엄마에게 살아 있는 거지.' 그런 생각이 내게 격려가 되고 지지가 됐거든요. 엄마가 돌아가신 지금, 전 엄마가 더 이상 살아 있지 않은 거라고 말 안 해요. 수년 동안 멀리서 제가 엄마의 육신을 보지 않고 생각만으로 엄마에게 같은 삶을 부여했듯이 늘 그대로 살아 계신 거고, 내가 살아 있는 한 엄마는 늘 살아 계실 거예요. 그런데 이거 아세요? 이제 전 더 이상 엄마에게 살아 있는 게 아니고, 더 이상 살아 있지 않은 거라고요! 왜냐하면 엄마는 더 이상 제가 엄마를 생각하는 것처럼 절 생각할 수 없을 거고, 제가 엄마를 느끼는 것처럼 절 느끼지 못할 테니까요! 그래서 엄마, 살아 있는 사람은 죽은 자를 위해 운다고 하지만, 실은 자기 자신의 죽음과 삶이 세상을 떠난 자들의 감정 속에 더 이상 없기 때문에 우는 거예요. 엄마는 언제나 늘 제 감정 속에 살아 계시겠지만, 전 엄마의 감정 속에 살아 있지 않을 거예요. 엄마는 여기 계시고, 내게 말씀까지 하셨어요. 엄만 여기 이렇게 살아 계셔서 전 엄마의 이마와 눈과 입과 손을 봐요. 엄마가 이맛살을 찌푸리고, 눈을 깜빡이고, 입가에 미소를 짓고, 불쌍한 그 상처 입은 두 손이 움직이는 것을 봐요. 엄마의 목소리로 정말 말하는 소리를 들어요. 왜냐하면 엄마는 여기 내 앞에서 생생히 살아 숨 쉬는 현실이거든요. 하지만 전 어떤가요? 전 더 이상 엄마에게 뭔가요? 아무것도 아니에요. 엄마는 영원히 나의 엄마겠지만,

저는요? 전 아들이었지만, 이젠 아니고, 앞으로도 아닐 거예요."

그늘이 방 전체에 어둠을 드리웠다. 내 모습이 더 이상 보이지 않고, 내 목소리가 더 이상 들리지 않는다. 그런데 아주 멀리서 들리듯, 길게 나뭇잎 스치는 소리가 들린다. 잠시 내 귓가는 멍해지면서 파도가 출렁이는 소리가 연상되며 착각을 일으킨다. 그리고 그 바닷가에서 나는 다시 어머니를 본다.

나는 자리에서 일어나 한 창문가로 다가간다. 내 정원에 있는 무성한 잎이 달린 아카시아 나무의 긴 잔가지들이 바람에 엉키면서 흐느적거린다. 바람은 마치 그 잔가지들을 꺾을 것 같지만, 잔가지들은 무성한 잎들이 그렇게 열렸다 다시 얽히는 것을 여리게 느끼며 유연하게 바람을 따른다. 파도의 움직임인지 구름의 움직임인지, 바람은 자신에게 휘감겨 있는 잔가지들을 꿈꾸도록 내버려둔다.

나는 내 안 멀리서 들려오는 듯한, 어머니의 속삭이는 목소리를 듣는다.

"아들아, 더 이상 보지 못하는 자들의 눈으로도 사물을 보거라! 회한이 들기도 하겠지만, 더욱 신성하고 아름다울 거란다."

유모

1

"드디어 왔군!"

만프로니 부인은 학수고대하던 로마에서 온 편지를 하녀의 손에서 잡아채며 외쳤다. 얼마 전 출산한 딸 에르실리아의 모든 세세한 소식을 전하는 사위 엔니오 모리의 편지임이 틀림없었다.

그녀는 서둘러 안경을 쓰고 편지를 읽기 시작했다.

딸이 난산을 겪긴 했지만 큰 위험은 없다는 소식은 이전 전보들로 알고 있던 터였다. 하지만 이번 편지에는 사실 에르실리아가 난산으로 적잖은 고생을 했고, 조산원까지 불러야 했다고 적혀 있었다. 어느 정도 위기를 넘긴 지금에서야 아내의 가족에게 걱정을 끼칠 생각으로 모리가 이 소식을 전한 건 당연히 아니었다. 그가 굳이 이 소식을 전한 이유는 자신의 이성적인 충고에도 불구하고 출산 직후 아내가 꽉 조이는 코르셋에 하이힐을 신겠다고 끝까지 고집부리는 것에 불평불만을 털어놓기 위해서였다.

"멍청한 것! 하이힐이라니!"

만프로니 부인은 편지를 읽는 내내 화를 내며 "멍청한 것!"이라는 말을 수차례 되뇌었다. 편지를 다 읽은 그녀는 몹시 화난 얼굴로 말없이 가만히 있다가 편지에서 눈을 떼고 마치 화풀이할 누군가를 찾듯 주위를 둘러보았다.

"뭐가 어째? 하, 유모가 로마 출신이면 안 된다 이거지? 왜 아니겠습니까, 모리 변호사님! 로마 출신 유모는 너무 요구하는 게 많다? 아, 지금 경제 상황을 한번 보라고? 사회주의 변호사 양반에겐 에르실리아의 혼수로는 그런 호사를 누릴 수 없다는 듯이 말하네. 하, 그러시겠지! 하지만 아무리 유모 차림을 해놓은들 로마 거리에서 꼬질꼬질한 시칠리아 촌뜨기를 옆에 데리고 다니면 에르실리아 꼴이 뭐가 되냐고! 멍청이! 멍청이! 멍청이!"

"오늘 밥 안 먹나? 왜 여태 식탁이 차려져 있지 않은 거지?"

만프로니가 여느 때처럼 고함을 치며 들어왔다. 하녀와 요리사에겐 이미 한바탕 야단을 치고 온 참이었다.

"목소리 좀 낮춰요, 사베리오. 우리 집엔 늘 할 일이 태산이라는 거 알잖아요."

부인이 말했다.

"할 일이 태산이라고? 당신들이? 그럼 난?"

"잔소리 그만하고 당신이 그렇게 친애하는 사위 편지나 어서 읽어봐요."

"에르실리아는?"

"거기 다 적혀 있어요."

만프로니는 갑자기 얌전해지더니 빠른 속도로 편지를 읽어 내려갔다. 그리고 편지를 접으며 말했다.

"잘됐군! 내가 에르실리아에게 필요한 유모를 한 명 알고 있지."

만프로니는 자신의 번뜩이는 생각에 만족했고, 자신의 상업적 성공 역시 늘 이런 자신의 비상한 능력 덕이라고 믿고 있었다.

만프로니 부인이 비아냥대며 물었다.

"그게 대체 누구라는 거예요?"

"티타 마룰로의 아내."

"그 범죄자 마누라요?"

"입 다물어!"

"그 반란 주모자 마누라요?"

"입 다물라니까!"

"그 억류자 마누라를?"

"내 말 좀 들어보라니까!

만프로디가 소리쳤다.

"당신은 여자라 어쩔 수 없이 여기, 이 머리가 꽉 막혔다고! 머리가 안 돌아. 지금 우리가 어떤 사회에서 살고 있는

데, 알지도 못하고……."

"이게 사회랑 무슨 상관이래요?"

부인이 황당해하며 물었다.

"왜 상관이 없어!"

만프로니가 흥분하며 대답했다.

"우리가 그 뭐냐, 선견……. 그렇지, 선견지명을 가지고 열심히 일했기 때문에 점점 더 어둡고 불안해지는 미래를 앞두고 뭐든 비축해둘 수가 있었던 거야. 알아들어?"

"아뇨! 내가 그걸 어떻게 알아요?"

"그러니 내가 진작 말하지 않아? 머리가 꽉 막혔다고!"

그는 의자 하나를 옮겨 아내 옆에 놓고 한숨을 내쉬며 급히 그 위에 앉았다.

"내가 티타 마룰로를 말이지."

그는 행여 하인들이 듣기라도 할까 애써 목소리를 낮췄다.

"내가 티타 마룰로를 혁명적 사상을 지녔다는 이유로 빵가게에서 내쫓아냈거든."

"당신이 딸을 내준 모리의 사상과 똑같지, 뭐!"

"잠자코 내 말 좀 들어보라니까!"

만프로니가 고함을 쳤다.

"내가 왜 그에게 내 딸을 줬지? 일단, 엔니오는 아주 훌륭한 청년이야. 그리고 바로 그 사회주의자이기 때문이라고, 이 사람아! 그게 유용하고 나한테 이득이 있어서 그랬단 말이지! 내가 왜 저 비천한 하인들한테서 존경을 받는지 알기

나 하나? 멍청하긴! 어쨌든 이건 엔리오와는 상관없는 얘기고……. 티타 마룰로 얘기를 하던 중이었지. 그러니까, 내가 그자를 빵 가게에서 내쫓았단 말이지. 그런데 글쎄 그 망할 놈이 생활이 궁핍해지니까 일부러 자진해서 억류자가 되어 섬에 보내지려고 손을 썼지 뭔가. 지금 난 부러운 것 없이 잘 살지만 내 여기, 당신이 마음이라고 부르는 데가 늘 짠해. 그러니 내 손자 유모로 그의 아내를 삼등석 기차 칸에 실어 로마로 보낼 거란 말일세!"

만프로니의 말이 백번 맞을 수도 있다. 하지만 그의 아내는 그의 말에 어쩔 수 없이 수긍할 때면 그의 한쪽 광대뼈 위로 우스꽝스럽게 나 있는 사마귀를 빈정대는 시선으로 싸늘하게 쳐다보곤 했다. 만프로니는 매번 그 시선이 느껴질 때마다 몹시 신경이 거슬렸고 자신도 모르게 큰 실수라도 저지를까 봐 곧장 대화를 중단하곤 했다. 그가 종을 울려 하녀를 부른 뒤 명령했다.

"리시에게 서둘러 여기로 오라고 해라."

잠시후 마부와 하인 일을 겸하던 리시가 여느 때처럼 외투 없이 셔츠 소매를 걷어붙이고 입을 벌린 채 미소를 지으며 문턱에 나타났다.

만프로니는 리시를 처음 봤을 때부터 그에게 남다른 재능이 있음을 알아보았다.

"티타 마룰로 아내가 어디 있는지 아느냐?"

"예, 어르신. 무슨 말씀인지 다 압니다!"

리시가 대답했다. 그가 한쪽 어깨를 들고 온몸을 비틀며 멍청한 미소를 짓자 울대뼈가 거의 목 위로 올라갔다.

"이놈아, 뭘 다 안다는 게냐?"

그 순간 그를 칭찬할 기분이 아니었던 만프로니가 소리쳤다.

리시는 주인에게 큰 칭찬이라도 들은 듯 다시 몸을 비비꼬며 대답했다.

"말씀 전하러 가겠습니다, 어르신."

"그 여자에게 가서 어서 여기로 오라고 일러라. 내가 할 말이 있다."

잠시 후 만프로니는 리시의 비범한 재량을 또 한번 확인할 수 있었다. 그가 아내와 함께 아직 식사를 끝내지도 않았는데, 티타의 아내인 안니키아가 두어 달 된 갓난쟁이를 안고 기뻐 울며 들이닥쳤다.

"아, 어르신! 인사 올리겠습니다!"

안니키아는 이렇게 외치며 만프로니의 발밑에 무릎을 꿇었다. 하녀와 요리사가 이 광경을 엿보려고 문밖에서 얼굴을 빼꼼히 내밀었고, 리시는 그녀들 앞에서 보란 듯이 뿌듯한 미소를 지어 보였다.

민프로니의 두 눈과 윗눈썹은 제각각 어쩔 줄 몰라 했다. 두 눈은 황당함에 휘둥그레졌고, 동시에 윗눈썹은 화가 나 찌푸려 있었다. 무릎을 꿇은 그 젊은 아낙네가 그의 손에 입을 맞추려 하자 그는 자신의 손을 곧장 뒤로 빼며 문 쪽을 향해 외쳤다.

"당장 물러들 가거라! 아니, 리시 네놈은 이리 오너라! 이 여인에게 대체 뭐라고 했느냐?"

"티타가 돌아올 거라고요! 어르신께서 그를 풀어주셨다고요!"

안니키아가 아직까지 무릎을 꿇은 채 큰 소리로 말했다.

만프로니는 발끈하며 의자를 잡았다.

"거기 서라, 이 불한당 같은 놈!"

리시는 사슴처럼 펄쩍 뛰며 줄행랑을 쳤다.

"그게 아닙니까?"

안니키아는 풀이 죽어 만프로니 부인을 향해 물었다.

안니키아가 천천히 일어났다. 만프로니는 비록 자신이 빵가게에서 티타를 내쫓긴 했지만 그의 석방이 자신의 의지나 우정에 달려 있는 것이 아니며, 그녀가 어릴 적 자신의 집에서 자랐고 수년 동안 에르실리아의 소꿉친구였으니 자신이 얼마나 많은 관용을 베풀었는지 알 것 아니냐며 그녀가 알아듣게 설명하기까지 꽤나 애를 먹었다.

남편이 이렇게 설득하는 동안 만프로니 부인은 그 젊은 아낙네를 유심히 살펴보았다. 그녀는 안니키아가 유모로 삼기에 제격인 것 같아 고개를 끄덕이며, 머리에 촌스러운 빨간 스카프를 두르고 금발에 은으로 된 사시나무 꽃 모양의 큰 핀을 꽂은 안니키아의 모습을 벌써부터 상상하고 있었다.

안니키아는 만프로니가 왜 자신을 불렀는지 알게 되자 놀라 당황했다.

"그럼 제 아이는요?"

그녀가 만프로니에게 아이를 보이며 말했다.

"누구한테 아이를 맡기죠?"

그녀는 아이를 가슴에 꼭 껴안고 또다시 울기 시작했다.

"루치두야, 아빠 안 돌아와! 안 돌아와!"

이윽고 그녀는 눈물에 흠뻑 젖은 얼굴을 들고 만프로니 부인을 향해 말했다.

"제 남편은 아이를 몰라요. 그 사람은 자기 자식인 이 천사 같은 아이를 아직 한 번도 못 봤답니다."

"에르실리아에게 받은 수고비를 좀 떼어 아이를 맡기면 되지 않겠나."

"아, 에르실리아 아가씨를 위해서라면."

안니키아는 주저 없이 말했다.

"아가씨를 위해서라면 당연히 해드리고 싶죠! 그런데⋯⋯ 로마까지는 너무 멀어요!"

이때 만프로니가 말했다.

"출발만 하면 금방 도착해. 이젠 기차랑 증기선으로 그렇게 멀지 않아."

"어르신."

안니키아가 말했다.

"맞는 말씀이십니다. 하지만 전 가난한 무식쟁이랍니다. 길을 잃고 말 거예요. 전 한 번도 마을 밖을 나가본 적 없어요. 그리고 어르신, 제겐 시어머니가 있습니다. 그 불쌍한 늙은이를 어떻게 떠날 수 있겠습니까? 이젠 저희 둘밖에 없어요. 티타가 제게 신신당부를 했다고요! 아휴, 저희가 어떻게 살고 있는지 아시면! 전 이 아이 때문에 아무것도 못 하고 있고, 시어머니는 일흔이나 됐단 말입니다! 저라고 왜 아이를 맡기고 일하고 싶지 않겠습니까. 티타가 돌아오면 우리가 함께 장만한 좋은 혼수를 하나도 찾아볼 수 없을 겁니다. 물론 싸구려이긴 하지만 깨끗한 것들이었죠. 이 사람 저 사람에게 다 헐값에 팔아야 했습니다. 그래도 늙은 시어머니는 제가 일하러 가는 걸 원치 않습니다. 고집불통이에요. 그걸 원하지 않아요. 그런데, 혹시 모르죠. 에르실리아 아가씨 일이라면⋯⋯. 한번 말씀드려 보기라도 하겠어요."

"그래, 근데 곧장 대답을 해주어라. 최대한 내일 아침엔 출발해야 하니까."

안니키아는 아직까지도 당황해 있었다.

"대답을 듣고 알려드리겠습니다."

그녀는 이렇게 말하고 떠났다.

안니키아는 만프로니의 집에서 그리 멀지 않은 한 골목에 살고 있었다. 리시가 전한 소식이 사실이 아니라는 것도 모르고 무척이나 기뻐하던 이웃 여인들은 벌써부터 살림 없는 텅 빈 집 일 층에서 죄수의 늙은 어머니를 둘러싸고 모여 있었다. 노파는 까만 손수건을 머리에 둘러 턱 아래로 묶고, 무릎에 올려놓은 투박한 토기 화로 위로 마디가 굵은 두 손을 없은 채 온몸을 웅크려 앉아 있었다. 마을 여인들은 만프로니의 착한 마음과 너그러움을 칭찬하고 있었고, 노파는 고개를 숙인 채 불신과 짜증이 섞인 시선을 던지며 여인들의 그 칭찬에 동의를 하는 건지 화를 내는 건지 알 수 없는 소리로 이따금씩 구시렁거렸다. 안니키아가 집 문턱에 들어서자 그녀의 모습과 첫마디에 만프로니를 구구절절 칭찬하던 이웃 여인들의 말문이 막혔다. 늙은 시어머니는 고개를 번쩍 들고 화난 눈초리로 여인들을 노려보았다. 그리고 안니키아가 만프로니의 제안을 얘기하자 자리에서 벌떡 일어났다.

"그래서 뭐라고 대답했냐?"

안니키아는 여인들에게 시선을 돌려 자신은 그 제안에 응해야 하니 시어머니를 설득해달라는 듯한 눈빛을 보냈다.

"어머니께 말씀드리겠다고 대답했어요."

"난 싫다! 난 싫어!"

화가 난 노파는 바로 소리쳤다.

"저도 가고 싶지 않아요. 하지만······."

안니키아는 다시 여인들을 쳐다보며 도움을 청했다. 그러자 여인들은 하나둘씩 며느리가 세 식구를 당당히 먹여 살릴 수 있는 기회인데 놓치기 너무 아깝다며 노파를 설득하기 시작했다. 그중 한 여인은 자신의 풍만한 젖가슴을 물고 있는 사내아이를 안고 외쳤다.

"여기, 이것 보세요! 저한테 애 둘 먹일 젖은 충분히 있어요! 아이 젖은 저한테 맡기세요. 여기 한번 보세요!"

그녀는 젖을 물고 있던 아이를 떼어내더니 한 손으로 가슴을 잡아 들고 여인들 면전에서 젖을 짜기 시작했다. 여인들은 깔깔대며 사방으로 튀는 젖을 막고 서로 좌충우돌하면서 뒷걸음질 쳤다.

하지만 노파는 굴복하지 않았다. 이 모든 설득에도 불구하고 며느리에게 소리쳤다.

"내 뜻을 거역하고 네가 간다면, 난 널 저주할게다! 명심해라!"

2

엔니오 모리 변호사는 역에서 나폴리 발 기차를 기다리고 있었다. 깡마른 작은 체구에 목이 유난히 짧은 그는 초조해하며 한숨을 내쉬다가 길게 자란 검은 수염으로 뒤덮인, 황달기 있는 작고 마른 얼굴을 긁적였다. 코 위에서 자꾸만 미끄러지는 안경을 고쳐 쓰는가 하면 이따금씩 신문들로 가득한 외투와 재킷 주머니들을 더듬기도 했다.

그는 한 철도원에게 다가갔다.

"실례합니다만, 나폴리 발 기차는요?"

"40분 연착입니다."

"이탈리아 철도가 그렇지, 뭐! 하여튼 어처구니없다니까!"

그는 앉을 자리를 찾아 걸었다. 주변에는 빈 의자가 없어

시계 아래 돌출된 벽에라도 기대려고 저쪽 끝까지 걸어갔다.

이렇게 그는 곧 도착할 유모의 시종까지 해야 할 노릇이었다.

"내 참, 어처구니없어서!"

결혼하고 로마에서 산 지 2년이 지나자 아내는 얼마 전부터 시칠리아 섬 오지의 미개 부족이나 할 만한 행동을 보이기 시작했다. 집안일을 제대로 할 줄도 몰랐고, 가족을 위해 소소한 장을 보러 밖에도 혼자 나가지 못했다. 그녀는 그저 늘 심통 난 얼굴로 아침부터 저녁까지 그를 질책하고, 매사에 논리적인 그의 화를 돋우고, 사랑이 아닌 변덕 때문에 너무나 말도 안 되는 증오에 찬 질투로 그를 괴롭힐 줄밖에 몰랐다. '사랑받지 못한 느낌이겠지! 당연해! 그렇다면 사랑받기 위해 도대체 뭘 했단 말인가? 오히려 미움받을 짓을 골라 하면 했지! 친절한 말 한마디, 따뜻한 손길 한 번 준 적이 있는가. 단 한 번도! 그리고 늘 불신에 가득 차 까다롭고, 무뚝뚝하고, 시무룩하고, 신경질적이기만 하다. 아, 맹세컨대, 그녀와 결혼해서 얻은 건 아무것도 없다!'

"내 참, 어처구니없어서!"

그는 한숨을 내쉬었고, 코끝에 내려와 있는 안경을 바로 집었다. 그리고 수많은 신문 중 하나를 꺼내 읽기 시작했다. 하지만 신문을 읽는 동안에도 집에서 아내와 마주할 때처럼 잠시도 평온을 찾을 수 없었다. 그는 매 소식마다 "어처구니없군!"을 되뇌면서도 계속 신문을 읽었다. 그는 매일 로마,

밀라노, 나폴리, 토리노, 피렌체 신문들의 일면 기사를 처음부터 끝까지 훑어보지 않으면 성이 차지 않았고, 그 신문들로 옷 주머니들은 항상 가득 차 있 었다.

"신문이 약이지."

그는 종종 이렇게 말했다. 하지만 신문 기사들이 그를 화나게 하는 것도 사실이었다. 화나도 너무 화나게 했다. 의사 역시 화를 내는 게 건강상 좋지 않다고 그에게 말했다. 물론 그럴 수도 있다. 하지만 이 신문들을 읽지 않는다 한들, 이탈리아에서 벌어지는 유쾌하지 않은 광경들을 직접 지켜보는 것이나 아내와 함께 시간을 보내는 것이나 그의 건강에 해로운 건 마찬가지다. 그러니 차라리 신문을 읽는 게 나았다.

"대체 이 젠장할 기차는 도착하는 거야, 마는 거야?"

그는 시계를 쳐다보았고, 당혹스러워하며 자리에서 벌떡 일어섰다. 도착 시간에서 한 시간이나 지나 있었다. 그는 출구로 서둘러 달려갔다. 집 주소도 모르고 도착했을 그 불쌍한 여자를 당장 어디서 찾아야 할지 몰랐다.

다행히 그가 짐 가방을 검사하는 세관 사무소에서 그녀를 찾았을 때 그녀를 짐 보따리에 위에 앉아 울고 있었다. 세관원들은 우는 그녀를 달래느라 애쓰며 그녀가 말하는 그 모리라는 변호사가 누구인지 모르겠으니 경찰서에 가보라고 권유하던 중이었다.

"안니키아!"

"어르신!"

안니키아가 벌떡 일어나 외쳤다.

그녀는 너무 기쁜 나머지 하마터면 그를 와락 안을 뻔했고, 온몸을 바들바들 떨고 있었다.

"길을 잃었어요, 어르신. 어르신이 안 오셨으면 큰일 날 뻔했어요!"

"아니, 그 잘난 내 장인어른은 쪽지에 우리 집 주소도 안 적어주셨단 말이냐?"

"제가 글을 읽을 줄 몰라서요."

안니키아는 훌쩍거리는 것을 참으며 눈물을 훔쳤다.

"어처구니없는 일이야. 내가 굳이 여기까지 오지 않아도 마부한테 주소를 주면 됐을걸. 어쨌든 내가 왔다. 역 안에 있었어. 기차가 도착했는지 몰랐어. 자, 됐다."

마차에 오르며 그가 안니키아에게 당부했다.

"내 아내에게 이 일에 대해선 일언반구도 하지 마라. 난리가 날 테니."

그는 곧바로 주머니에서 또 다른 신문을 꺼내 읽기 시작했다.

안니키아는 자리를 최대한 적게 차지하려고 몸을 움츠렸다. 주인의 옆자리에 앉아 있기가 굉장히 곤혹스러웠다. 하지만 그건 아무것도 아니었다. 반복되는 빈곤한 일상에 갇혀 있던 그녀는 긴 여행과 함께 그녀의 불쌍한 영혼을 정신없이 강타한 수많은 새로운 경험에 아직까지 어리둥절해 있었다. 그녀는 더 이상 아무 기억도, 아무 생각도 나지 않았고,

더 이상 아무것도 보고 있지 않았다. 그저 팔레르모에서 나폴리까지 횡단하는 동안 증기선 위에서 느꼈던 공포와 돌진하는 기차에 질겁했던 일을 다 겪어내고 마침내 도착했다고 안도할 뿐이었다. 그녀는 이렇게까지 해서 자신이 도착한 곳이 대체 어떤 곳인지 보고 싶어 밖을 보려고 했지만 눈이 몹시 아팠다. 어차피 교황이 있다는 이 도시를 볼 시간은 얼마든지 있을 것이다. 그녀는 일단 자신이 아는 사람 옆에 있고, 잠시 후면 '자신의 아가씨'와 재회할 것이고, 그러면 다시 고향에 있는 것처럼 느껴질 거라고 스스로를 위안하며 미소 지었다. 잠시 멀리 있는 아들과 늙은 시어머니가 떠올랐지만 내내 불안하기만 했던 긴 여행 직후에 찾아온 그 안도의 순간을 망치고 싶지 않은 본능적 욕구에 곧장 그 생각을 떨쳐냈다.

"나폴리에서 증기선 선착장으로 누가 널 데리러 갔더냐?"

갑자기 모리가 그녀에게 물었다.

"네, 어르신! 어느 신사께서요! 아주 좋은 분이셨어요. 그러잖아도 어르신께 인사 전해드리라고 명하셨어요."

안니키아가 얼른 대답했다.

"명을 했다고?"

"네, 어르신. 인사 전해드리라고."

"부탁을 했겠지."

"네, 어르신. 근데…… 제 주인이시니……."

모리는 한숨을 내쉬고는 다시 신문을 읽기 시작했다.

"약, 약!"

"뭐라고 하셨습니까?"

안니키아가 수줍게 물어보았다.

"아무것도 아니다. 혼잣말이다."

그녀는 조금 당황해하다 덧붙여 말했다.

"팔레르모에서도 다른 신사께서 역으로 오셔서 증기선까지 바래다주셨습니다. 그분도 참 좋은 분이셨어요."

"그래, 그도 나한테 인사 전하라고 명하더냐?"

"네, 어르신. 그분도요."

모리는 다리 위에 신문을 내려놓고 코끝으로 흘러내린 안경을 바로잡았다. 그리고 눈썹을 찌푸리며 그녀에게 물었다.

"네 남편은?"

"늘 거기 있지요, 뭐."

안니키아는 한숨을 내쉬었다.

"섬에요! 아, 혹시라도 왕이 있는 여기 로마에 사시는 어르신께서……."

"입 다물어라!"

모리는 마치 안니키아가 자신의 발을 밟기라도 한 듯 왕을 언급하는 그녀의 말을 반사적으로 막았다.

"말 한마디만 해주시면 될 텐데요……."

그럼에도 안니키아는 낮은 목소리로 덧붙였다.

"어처구니없군!"

모리는 다시 한숨을 내쉬었고, 몹시 짜증이 난 나머지 다리 위에 얹어둔 신문을 구겨 마차 밖으로 내던져버렸다.

"네 남편만 거기에 강제 유배를 보냈다고 믿느냐? 우리도 보낸단 말이다!"

"어르신들을요?"

안니키아가 놀라 믿을 수 없다는 듯 물었다.

"어떻게 어르신들을 거기에 보낸답니까?"

"입 다물어라!"

그 무지몽매함을 참기 힘들어진 모리가 다시 소리쳤다.

음울해진 그는 노예근성이 이렇게나 깊게 뿌리박힌 시칠리아의 최하층민 사람들에게 새로운 의식을 불어넣는 게 가망 없을지도 모른다는 상념에 빠졌다.

어느새 마차는 모리가 살고 있는 시스티나 거리에 도착했다.

에르실리아는 아직 침대에 누워 있었다. 넓은 캐노피 침대 위에서부터 늘어진 분홍빛 커튼 속 순백색 베개와 레이스로 그녀의 갈색 피부는 유난히 검게 보였고 얼마 전 출산 때 겪은 진통 때문인지 초췌해 보였다.

안니키아는 에르실리아를 안으려고 반갑게 뛰어갔다.

"아가씨! 아이고, 아가씨! 저 왔어요. 정말이지 꿈만 같네요! 좀 어떠세요? 많이 아프셨죠? 짐작이 가요……. 얼굴도 잘 못 알아보겠네. 근데 이게 신의 뜻인 걸 어쩌겠어요. 우리 여자들은 고통받게 돼 있어요."

"개뿔!"

에르실리아가 반박했다.

"멍청한 여자들 같으니……. 다 똑같아! 왜요, 재밌어요? 우리 여자들은 고통받게 돼 있다는 소리를 자꾸들 하니까? 얼마나 그 소리를 하는지 여기 남자 분들은 정말로 우리 여자들이 자신들의 편리와 즐거움을 위해 봉사해야 한다고 믿는다니까. 우리는 하인이라고. 그렇죠? 자신들은 주인이고. 개뿔!"

느닷없이 일침을 당한 모리는 세 번째 신문을 격하게 접고는 한숨을 내쉬며 방을 나갔다.

다소 당황한 안니키아는 여주인을 쳐다보며 말했다.

"남자들도 힘든 일이 많으니 불쌍하죠, 뭐."

"먹고, 자고, 산책 다니는 거? 나도 좀 그래봤음 좋겠네. 아, 남자, 남자. 남자들은 하나밖에 볼 줄 모른다니까!"

"당연히 지금이야 산통을 겪은 지 얼마 안 됐으니까……."

"아니, 항상! 난 남자들이 싫어!"

바로 그때, 모리가 외치는 소리가 들렸다.

"세상에나!"

이 소리에 또 다른 외침이 대답했다.

"저 여기 있습니다, 어르신! 분부하십시오."

에르실리아는 웃음을 터뜨리며 안니키아에게 설명했다.

"내 하녀가 귀가 좀 먹었거든. 누가 소리를 지르면 자기를 부르는 줄 알아. 마르게리타! 마르게리타!"

몹시 화가 난 모리가 하녀에게 손짓으로 욕을 해댔다. 나이 든 귀머거리 하녀는 화난 듯 황당한 얼굴로 문 앞에 나타났다.

"마르게리타."

에르실리아가 말했다.

"이 애가 유모야. 방금 도착했어. 그래, 방금. 자, 이제 애 방이 어딘지 알려줘. 알았지?"

그러고는 안니키아를 쳐다보며 말했다.

"근데, 먼저 좀 씻고 와라. 온통 새까맣다."

안니키아는 장롱 거울에 얼굴을 가까이 대고 자신을 비춰 보더니 곧바로 두 손을 번쩍 들며 외쳤다.

"엄마야!"

그녀의 얼굴은 기차 연기와 역에서 흘린 눈물이 범벅이 되어 더러워져 있었다. 하지만 안니키아는 씻으러 가기 전에 귀머거리 하녀가 놀랄 정도로 '자신의 아가씨'에게 온갖 손동작과 잦은 감탄사를 섞어가며 항해와 기차 여행 중 겪은 역경을 들려주었다. 안니키아는 여행 중 갑자기 젖이 불어 가슴이 터질 것 같아 아이처럼 울기 시작했다. 주위 승객들이 이유를 물었지만 그녀는 사실을 말하기가 부끄러웠다. 얼마 안 있어 그들이 그 이유를 알게 되자, 한 청년이 자신이 그 젖을 빨아 먹으면 안 되겠냐고 물었다. '무례한 놈 같으니라고!' 이 이야기를 들은 에르실리아와 하녀는 두 손을 가슴에 대고 뒤로 넘어갈 정도로 깔깔깔 웃어댔다. 그 청년의 말에 안니키아는 소리를 지르며 기차 창문 밖으로 뛰어내리겠다고 위협했다. 잠시 후, 그녀 옆에 있던 한 노인이 다음 역에서 그녀를 다른 기차 칸으로 데려다주었고, 거기엔 세 달된 불쌍한 여자 아기를 안고 있는 한 여인이 있었다. 그렇게 그 아기에게 젖을 줄 수 있었고, 서서히 몸이 좋아졌다.

에르실리아는 자신이 육지 사람이 다 됐다고 스스로 믿었던 터라 고향 시칠리아의 정숙함이 배인 안니키아의 그 꾸밈없고 순진한 표현들에 짜증이 났다.

"그만, 이제 씻으러 가! 그러고 우리 부모님 얘기 좀 해주고. 자, 가."

"아기는요?"

안니키아가 물었다.

"아기 안 보여주실 건가요? 아기 먼저 보고 갈게요."

"저기."

에르실리아가 요람을 가리키며 말했다.

"근데 넌 안 돼. 더러운 손으로 베일 만지지 마. 마르게리타, 네가 보여줘."

안니키아는 갖가지 리본과 베일과 레이스 사이에서 자신이 기차에서 젖을 먹인 아이보다 더 안쓰러워 보이는 적자색 얼굴을 한 못난 갓난아기를 보았다. 하지만 그녀는 외쳤다.

"어머나, 예쁘기도 해라! 잠자는 모습이 꼭 천사 같네. 제가 쑥쑥 자라게 할 테니 어디 한번 보세요. 제 루치두도 이렇게 조그맣게 태어났답니다. 근데 지금 걜 보시면!"

안니키아는 감정에 복받쳐 하던 말을 멈췄다.
"그럼 얼른 갔다 올게요."
그녀는 이렇게 말하고 다른 방으로 하녀를 따라갔다.

3

 안니키아는 갓난아기에게 당장이라도 젖을 물리고 싶었다. 모리는 그러라고 했지만, 남편의 말이라면 늘 반박하기 일쑤인 에르실리아는 우선 안니키아의 젖을 의사가 검사하기를 원했다.
"의사까지 필요한가요?"
안니키아가 웃으며 말했다.
"절 보시면 모르시겠어요?"
 실제로 안니키아의 얼굴은 건강미로 빛났고, 생기 넘치고 혈색도 좋았다.
 에르실리아는 안니키아가 그런 말로 남편의 관심을 끌려 한다고 생각하며 침대에 누워 밉살스럽게 그녀를 쳐다보았다.
"의사요! 바로 의사 보내요!"
에르실리아는 고집을 부렸다.
 어쩔수 없이 모리는 늘 하는 말을 중얼거리며 의사를 데리러 가야만 했다.

저녁이 되어서야 모리와 의사가 도착했고 안니키아는 젖이 이미 부을 대로 부어 끙끙 앓고 있었다. 게다가 젖이 모자란 엄마한테서 우유를 충분히 먹지 못한 아기는 배가 고파 칭얼댔다.

모리는 의사가 진찰할 때 곁에 있고 싶었으나 그의 아내가 그를 내쫓았다.

"뭐 볼 게 있다고 그래요? 마르게리타에게 숟가락이랑 물 한 컵이나 가져오라고 해요."

"금발머리네요? 금발머리네요, 금발머리……."

한편, 의사가 말했다. 그는 생각을 정리하기 힘들 때면 멍한 시선으로 같은 말을 서너 번 반복하는 버릇이 있었다.

안니키아는 의사가 자신을 쳐다보자 양귀비꽃처럼 얼굴이 빨개졌다.

"그러니까, 금발머리군요? 아주머니."

의사가 말을 이었다.

"금발이죠, 아주머니? 젊고 예쁘고……. 젊고, 건강해 보이네요. 건강해 보여요. 그런데 갈색머리, 갈색머리면 더 좋았겠는데……. 갈색머리 여자의 젖은 틀림없이 좋거든요. 갈색머리 여자 젖은……. 자, 어디 한번 봅시다."

의사는 안니키아에게 고개를 뒤로 젖히게 히고 목을 진찰했다. 그리고 여기저기 살펴본 뒤 아무렇지 않게 그녀의 보디스 단추를 끄르기 시작했다. 당황한 채 수치심에 몸을 벌벌 떨던 안니키아는 두 손으로 가슴을 덮으며 의사를 가로

막았다.

"꺼내요! 밖으로 꺼내봐요."

의사가 안니키아에게 말했다.

에르실리아는 웃음을 터뜨렸다.

"왜…… 왜 웃으…… 왜 웃으십니까, 부인?"

"아니, 이 멍청한 게 얼마나 부끄러워하는지 안 보이세요?"

에르실리아가 의사에게 알려주었다.

"나한테요? 난 의사예요!"

"익숙하지 않아서 그래요."

에르실리아가 대답했다.

"우리 시칠리아 여자들이 여기 여자들하고 같은지 아세요?"

"아!"

의사가 바로 말했다.

"알겠어요, 알겠어요. 잘 알아요, 잘 알아요. 훨씬 부끄러움을 많이 타죠? 부끄러움을 많이 타요. 하지만 난 의사예요. 의사는 고해신부와도 같은 겁니다. 자, 어디 봅시다. 아주머님이 직접 이 숟가락에 몇 방울 짜보세요. 아들은 몇 살입니까?"

"제가 아들을 장만한 지 두어 달 됐어요."

안니키아는 가까스로 의사의 얼굴을 쳐다보며 대답했다.

"아들을 장만했다고요? 그게 무슨 말입니까?"

"그럼 뭐라고 해야 하죠?"

"낳은 거죠. 낳은 거. 자식은 낳는 겁니다. 낳는 거……. 그게 뭐가 이상합니까?"

마침내 의사가 안니키아의 젖을 검사하고 떠나자 그녀는 심한 고생이라도 겪은 듯 힘이 다 빠져 의자에 털썩 주저앉았다.

"아이고, 아가씨. 창피해라! 죽는 줄 알았네요."

잠시 후, 아기가 보채자 안니키아는 요람으로 달려가 곧장 젖을 물렸다.

"어유, 예쁜 내 새끼. 자, 많이 먹어라!"

에르실리아는 침대에 누워 다시 안니키아를 주시했다. 양쪽으로 가르마를 해 귀 뒤로 넘긴 금발이 갸름한 그녀의 얼굴을 두르고 있었고, 경탄할 만큼 하얗고 풍만한 가슴이 살짝 보였다. 괜스레 화가 난 에르실리아가 말했다.

"일단은 애를 어르고 나중에 재울 때 수유를 하는 게 나았잖아."

"그냥 먹게 두세요. 아우, 불쌍한 것!"

안니키아가 외쳤다.

"배가 너무 고픈가 봐요. 얼마나 세게 빨아대는지 몰라요."

잠시 후, 아기와 지낼 옆방의 가구와 친을 본 안니키아는 감탄을 멈추지 않았다.

"와! 로마 물건들 좀 보게! 이 멋진 물건들 좀 봐!"

안니키아는 새 주인들이 자신을 위해 마련해둔 멋진 새

침대 앞에서 어쩔 줄 몰랐다. 그러자 2년 전, 다른 침대 앞에서 지금보다 더 어쩔 줄 몰라 했던 기억이 떠올랐다. 그녀는 그 침대에서 생전 처음으로 다른 사람과 함께 잠이 들었다. 그리고 그 생각과 함께 멀리 있는 자신의 집이 떠올랐다. 그때까지만 해도 그의 인생을 망친 불온한 사상에 물들지 않았던 티타가 신혼을 위해 정성껏 지은 집이었고, 지금은 겨우 의자 두 개와 시어머니와 함께 쓰던 침대 하나만 덩그러니 남은 초라하고 누추한 집이었다.

이젠 그곳에서 그 침대를 늙은 시어머니 혼자 쓰고 있고, 아이는 이웃집에서 잠을 잘 것이었다. 아직 너무나 어린 불쌍한 루치두는 집 밖에서 지내고 있고, 엄마는 이렇게나 멀리 떨어져 있다. 당연히 그 이웃집 여자는 루치두를 자기 자식처럼 보살필 수 없을 것이다. 외톨이처럼 외따로 떨어져 있는 루치두는 그나마 남은 거라도 조금 얻어먹기 위해 잠자코 기다려야만 할 것이다. 지금까지 온전히 엄마의 보살핌을 받던 그 아이가!

안니키아는 울기 시작했다. 하지만 혹시나 누가 볼까 싶어 눈물을 훔치고 스스로를 위로하며 생각했다. 그래도 가까이에 할머니가 지키고 있으니 필요하다면 그녀의 그 매섭고 엄한 방식으로 할머니로서의 의무를 다할 것이다. 티타의 어머니로서! 시어머니는 티타처럼 알고 보면 착한 분이다. 그리고 시간이 지나면 며느리가 감히 시어머니의 명령을 어긴 건 가난 때문에 어쩔 수 없었던 것이고, 결국 모두를 위해서였다는 걸 깨달을 것이다.

이제 안니키아는 자신의 선택이 희생이었음을 스스로에게 보여주듯, 그것을 증명하기 위해 자신이 아니라 다른 사람의 행복만을 생각하기로 했다. 이런 생각을 하니, 자신은 천개(天蓋)가 드리워진 이 호화스러운 침대 위가 아니라 땅바닥에서 자야 되지 않을까 싶었다. 이 모든 풍요는 결국 아이를 위해 마련된 것이니 아이가 침대 위에서 자고, 자신은 개처럼 땅바닥에서 자야 되는 게 아닌가 싶었다. 짚더미 위에 누워 있을 루치두와 시어머니의 그 낡은 침대를 생각하니 도저히 이 이불 속으로 들어갈 기분이 나지 않았다.

그런데 며칠 후, 양재사 여자가 가져다준 우스꽝스럽고 화려한 옷은 더더욱 안니키아의 마음을 불편하게 했다. 이 모든 장식과 수놓인 앞치마와 비단 리본과 은 핀이 자신을 위한 것이란 말인가? 가면무도회라도 갈 것 같은 이런 차림으로 밖에 나가야 한단 말인가?

이미 잠자리에서 일어나 있던 에르실리아가 화를 내며 쌀쌀맞게 말했다.

"아휴, 뭘 그렇게 얼굴을 찌푸리니! 내 그럴 줄 알았다니까. 여기는 이래. 네가 좋든 싫든 이렇게 옷을 입어야 한다고."

"분부대로 할게요, 아가씨."

안니키아는 화난 에르실리아를 어르려고 얼른 대답했다.

"용서하세요. 아가씨가 괜히 미천한 저 때문에 귀한 돈을 쓰시니 그런 거지요. 하긴 무슨 상관이겠어요! 아가씨가 주인이신데……. 전 그냥, 궁금해서요. 그러니까 우리 고장에서는…….”

"여긴 로마야."

에르실리아는 안니키아의 말을 단박에 잘랐다.

"어쨌든 잘 어울린다."

사실이었다. 붉은 숄은 안니키아의 금발과 투명하고 생기 넘치는 파란 눈동자를 더욱 돋보이게 해주었다. 에르실리아는 그녀와 같이 산책을 나가면 분명 자신이 훨씬 못나 보일 거라고 생각했지만, 그래도 잘 차려입은 유모를 데리고 있다는 허영과 야심이 질투심보다 더욱 컸다.

에르실리아가 처음으로 안니키아를 데리고 마차에 올랐다.

부끄러움에 얼굴이 달아오른 안니키아는 아기를 무릎에 올려놓은 채 시선을 떨구고 있었다. 그사이 에르실리아는 거리를 오가는 사람들 모두가 안니키아를 보려고 멈춰 서서 고개를 돌리는 것에 주목했다.

"자, 어서."

에르실리아가 말했다.

"머리 좀 들어. 사람들이 다 쳐다보잖아! 누가 네 뺨이라도 때린 줄 알겠다!"

안니키아는 눈을 들고 고개를 들었다. 어느새 그녀는 도시의 그 기묘하고 멋진 광경에 놀라 창피한 것도 잊고, 에르실리아가 가리키는 곳을 넋을 잃고 바라보았다.

"어머나, 어머나. 너무 멋있다! 이런 게 다 있다니……."
안니키아가 혼자 중얼거렸다.

그렇게 안니키아는 몸이 휘청거리다시피 어리둥절한 채로 첫 산책을 마치고 집에 돌아왔다. 그녀의 귓가가 난장판 한복판에 있다가 겨우 빠져나온 것처럼 윙윙거렸다. 그제야 그녀는 자신이 상상도 못할 정도로 고향을 아주 멀리 떠나왔다고 느꼈고, 마치 다른 세상에서 길을 잃은 것처럼 아직도 이 모든 게 실감나지 않았다.

"어머나! 어머나!"

한편, 모리는 그들이 외출한 사이 시칠리아에서 날아온 편지 한 장을 아내에게 건네주고 있었다.

만프로니 부인이 딸에게 쓴 그 편지에는 안니키아와 애기 한데로 첫 달 수고비를 그녀의 늙은 시어머니에게 선금으로 보냈는데, 그 늙은이가 차라리 굶어죽으면 죽었지 하며 집집마다 빵을 구걸하러 다니면서 그 돈은 쳐다보지도 않는다고 적혀 있었다. 게다가 안니키아의 아기를 맡은 이웃집 여자는 그 못된 할망구가 아기에게 필요한 물건은 물론, 수고비를 한 푼도 주지 않는다며 만프로디 부인을 찾아가 항의를 했다는 것이다. 만프로니 부인은 그 이웃집 여자가 자발적인 친절인 칙하며 굶어 죽지 않게끔 매일 늙은이에게 스프 한 그릇을 가져다주는 조건으로 그녀에게 월급의 반을 주었다고 덧붙였다. 그리고 그 늙은이는 절대로 돈을 받지 않을 것이니 월급의 나머지 반은 보내지 말라고 딸에게 권고하며 다른 사람의 권유를 따른 죄로 이런 일에 얽혀 심정이 복잡하다는 말과 함께 편지를 마무리했다.

"당신의 그 잘난 권유 때문에!"

편지를 접으며 에르실리아가 발끈했다.

"뭐 하나 제대로 하는 일이 없으니!"

"내가?"

모리가 반박했다.

"내가 언제 당신 잘난 어머니한테 미친 할망구의 며느리를 유모로 고르라고 했나?"

"아뇨, 근데 시칠리아 출신 유모를 원했잖아요! 그런 번뜩이는 생각만 아니었어도 지금 우리가 이런 일에 얽히지는 않았을 거 아녜요. 그래요, 저기, 당신이 그렇게나 좋아하는 시칠리아 유모한테나 가보세요! 내가 모를 줄 알고?"

모리가 눈을 크게 떴다.

"내 아들의 유모를?"

"그래, 소리 지르려면 질러봐요. 저기 다 들리게……."

"내 속을 뒤집어놓고 소리도 지르지 말라고? 이젠 내 아들 유모한테까지 질투를 해? 당신 미쳤어?"

"당신이 미쳤지! 여기 이 머리가 나만큼만 똑똑하면! 이제 어떡할 거예요? 이 돈은 어떡해야 해요?"

"설마 저 애 시어머니가 이 돈을 거절한다고 대놓고 말하려는 건 아니겠지?"

"말도 안 돼! 뭣 때문에 쟤 기분을 상하게 해요? 내가 다 알아서 해요!"

모리는 인내심을 잃고 잔뜩 화를 내며 그 자리를 떠났다.

4

이제 모리는 맘 놓고 아기에게 눈길을 주거나 쓰다듬을 수도 없게 되었다. 아내가 그의 그런 시선과 애정 표현을 유모가 오해할 수 있다고 의심하기 때문이다.

그러잖아도 에르실리아가 모리에게 물었다.

"아니, 왜 내가 아기를 안으면 쳐다보지도 않다가 저 애가 안고 있으면 가서 그렇게 얼굴을 찌푸려요?"

아내의 이런 말도 안 되는 증오가 섞인 의심에 당황한 모리는 화를 내며 소리쳤다.

"당신은 아기를 한 번도 제대로 안아주지도 않으면서 뭘 그래!"

매번 에르실리아가 아기를 안아줄 때면 아기는 곧장 울음을 터뜨리며 유모에게 팔을 내밀기 일쑤였다. 물론 에르실리아가 아기를 잘 못 안기도 하지만, 그건 아기를 안는 게 익숙하지 않아서라기보다는 혹시라도 늘 과시하던 값비싼 의복을 더럽힐까 걱정해서였다.

에르실리아는 집에 손님을 초대하는 일도 없었고, 가끔 외출을 하긴 했지만 그때마다 옷을 사기 위해 많은 돈을 썼다. 하지만 결국에는 매사에 그렇듯이 한 번도 새 옷에 만족한 적이 없었다. 어쩌면 그녀는 정말로 불행했을 수도 있다. 하지만 그 불행이 자신의 까다롭고 날카로우며 애교가 부족한 천성 때문인지 모르고 늘 남의 탓으로 돌렸다. 또한, 그녀는 자신을 사랑해주고 이해해줄 다른 남자를 만났더라면 자신의 내면과 외부에서 느껴지는 지금의 이런 공허함은 없을 거라고 믿었다. 게다가 이젠 아기에게도 짜증이 났는데, 아기가 그녀보다 유모에게 더욱 애착을 보였기 때문이었다. 그렇게 하는 일 없이 지내던 그녀에게 하루라도 몰래 울지 않는 날이 없었다. 가끔 남편은 그녀의 붓고 충혈된 눈을 보곤 했지만 짐짓 못 본 척했고, 될 수 있으면 그녀와의 대화를 피했다. 그는 자신이 어떤 말과 행동을 하던지 간에 그녀가 갈망하지만 불가능하다 여기는 삶의 애정을 불어넣거나 전해줄 수 없음을 너무나 잘 알고 있었다. 그녀는 스스로 삶을 이뤄내야 된다는 생각은 하지 못하고 늘 타인에게 그걸 기대했다. 게다가 그녀가 불행하다면, 그런 그녀와 함께 살아야 하는 그도 불행할 수밖에 없었다. 아, 슬픈 그의 삶이여! 그는 종일 서재에 틀어박혔다. 다행히 같은 당 소속 친구들이 가끔씩 그를 찾아와 적어도 그들에게만은 하소연을 늘어놓고, 자유롭게 토론도 할 수 있었다.

그들이 토론을 할 때면 나이 든 서기는 거실로 나와 있어야 했다. 서기인 펠리치시모 라미첼리는 매번 그 혁명 신사들에게 허리를 굽혀 정중히 인사하고 품위 있게 밖으로 나오곤 했다. 하지만 서재의 문턱을 넘어 문을 닫자마자 그는 눈을 찡긋하며 한쪽 발을 들고 뭐가 그리 좋은지 두 손을 맞비벼댔다. 그러고는 물들인 콧수염 끝을 엄지와 검지로 꼿꼿이 세우고 예쁜 시칠리아 유모인 안니키아와 마주치기를 바라며 거실 입구에 있는 긴 의자에 가 앉았다.

이미 그는 안니키아에게 말을 걸어봤다.

"내 이름이 뭔지 아니? 펠리치시모란다."

하지만 안니키아는 그의 말을 이해하지 못한 듯 등을 돌리고 가버렸다. 그러자 라미첼리가 혼잣말을 했다.

"그래, 펠리치시모. 최고로 행복하다는 뜻이지! 근데 뭐가?"

그의 부모는 그의 행복을 기원하며 이런 최상급의 뜻을 지닌 멋진 이름을 지어주었다. "감사합니다!" 하지만 그는 살면서 한 번도 자신이 행복하다고 말할 수 없었고, 행복은커녕 조금도 만족스럽지 않았다. 그는 하루에 8리라 정도를 벌었는데 그 돈이면 혼자 생활하는 데 충분할 수도 있었다. 단, 그에게 딱 한 가지 나쁜 버릇만 없었다면 말이다. 그 나쁜 버릇이란······.

"아, 어떻게 가만히 있나? 예쁜 여자애들을 보고······."

예를 들어, 서 안니키아 말이야. 얼마나 매혹적인지! 그는 매번 안니키아를 볼 때마다 침을 꿀꺽 삼켰다. 그에겐 그녀가 정숙한 소녀로 보였는데 그건 모를 일이었다. 왜냐하면, 알다시피 유모를 하는 애들은 모두 쉬운 여자애들이라지 않던가!

라미첼리의 추파를 눈치챈 안니키아는 그의 엉큼함에 웃어야 할지 아니면 화를 내야 할지 몰랐다. 그녀는 라미첼리를 보며 나이 든 늙은이가 어떻게 저런 금발을 유지하는지 그럴 날이 얼마 남지 않은 게 분명했다. 그녀에게 라미첼리는 이미 정신이 나간 게 아니라면 그럴 날이 얼마 남지 않은 게 분명했다.

안니키아가 거실 입구에서 아기의 겨드랑이를 두 손으로 받치며 걸음마를 시키고 있었다. 6개월이 지났지만 아직도 그녀는 모리가 아기에게 지어준 '레오니다'라는 이름을 정확히 발음하지 못했다. 그래서 늘 아기를 '노니다'라고 불렀다.

"노니다가 뭐니?"

라미첼리가 그녀를 한번 찔러보려고 말했다.

"레. 오. 니. 다."

"전 못하겠어요."

"그럼 펠리치시모는? 펠리치시모도 못하겠니? 아니? 그게 정말 내 이름이야."

안니키아는 아기를 다시 안고 거실을 나가면서 말했다.

"안 믿어요."

"실은 나도 그래."

라미첼리는 체념한 듯 말하며 그곳에 남아 서재에서 토론이 끝나길 기다렸다.

"전략…… 사기꾼…… 프롤레타리아 계급 교육…… 최소

강령……."

 때때로 이런 표현들이 라미첼리의 귀에 들렸고, 그는 우울한 표정으로 고개를 저었다. 그러고는 유모가 나간 문 쪽을 바라보며 한숨을 내쉬었다. 시칠리아 자장가인 듯한 노랫소리가 간간이 들려왔다. 감미로우면서도 애수에 젖은 목소리로 안니키아가 노래를 부르고 있었다.

 안니키아는 자신의 젖을 먹고 통통하고 예쁘게 자란 아기를 보며 루치두를 생각하고 있었다. 어느새 이 아기는 고향을 떠날 때 마지막으로 본 루치두보다 훨씬 크고 예쁘게 자라있었다. 자신이 젖을 먹였다면 가엾은 루치두도 분명 이맘때쯤 엄청 커 있을 텐데……. 그런데…… 혹시나! 그녀의 머릿속엔 수많은 불길한 생각이 스쳐 지나갔다. 그녀는 종종 꿈을 꿨다. 마를 대로 말라 뼈만 앙상히 남은 병약한 자신의 아기가 가늘고 주글주글한 목 위에 달린 큰 머리통을 어깨 이쪽저쪽으로 늘어뜨리고, 그녀가 놀라 공포에 떨며 아기를 쳐다보는 동안 그 큰 머리통이 점점 더 커지는 것이었다. '아니, 이 아기가 정말 내 루치두란 말인가? 왜 이렇게 됐단 말인가?' 그녀는 그 불길한 꿈속에서 곧장 아기에게 젖을 먹이고 싶었다. 하지만 아기는 할머니의 그 음울하고 매서운 눈으로 그녀를 쳐다보았고, 그녀가 내민 젖가슴을 마다하며 얼굴을 돌렸다. 어찌나 괴로운지! 그녀는 숨이 꽉 막힌 채 잠에서 깼고, 낮까지도 그린 아들의 모습이 눈앞에서 떠나질 않았다.

안니키아는 이런 꿈 얘기를 더 이상 에르실리아에게 할 엄두를 내지 못했다. 에르실리아는 이미 여러 번 그녀에게 화를 냈다. 안니키아가 이런 얘기를 시작하면 좀처럼 그칠 줄 몰라서 짜증이 났거나, 그녀가 루치두를 너무 생각하면 정작 자신의 아기를 소홀히 할까 두렵기 때문일 수도 있었다. 하지만 안니키아가 아기를 소홀히 하다니 그건 정말이지 말도 안 되는 일이었다. 그렇게 말할 수도, 말해서도 안 되었다. 이렇게 듬직하고 활달한 노니다를 어떻게!

안니키아는 자신을 하녀보다 더 막 대하는 지금 여주인의 모습에서 한때 자신이 알던 에르실리아 아가씨의 모습을 더 이상 찾을 수 없었다. 안니키아는 에르실리아의 비위를 맞추려고 뭐든 다 했고, 굳이 자신이 해야 할 일이 아닌 일들도 군말 없이 다 했다. 더군다나 귀머거리 하녀 마르게리타가 떠나고 없는 지금, 별일도 아닌 일에 불안해하며 낙담하는 에르실리아를 늘 어르고 달래야만 했다.

"저 여기 있어요. 제가 다 할게요, 아가씨. 당황하지 마세요."

안니키아는 이 모든 일을 해주는 대가로 자신을 조금만 더 생각해주길 바랐다. 예를 들어, 시칠리아에서 편지가 올 때면 안니키아는 너무 기쁘고 들떠 편지를 들고 에르실리아에게 달려가곤 했다.

"아가씨! 아가씨!"

"왜 이리 호들갑이야? 복권에 당첨이라도 됐니?"

에르실리아는 매번 그런 말로 안니키아의 기분을 망쳐놓았다. 안니키아는 루치두 소식을 얼른 전해주기를 바라며 에르실리아가 편지를 다 읽을 때까지 기다렸지만 어림없었다. 늘 에르실리아가 편지를 봉투에 넣는 걸 볼 때쯤 직접 물어봐야만 했다.

"루치두 소식은 없나요?"

"어, 잘 지낸대."

"그럼, 제 시어머니는요?"

"네 시어머니도."

안니키아는 이런 대답에 만족해야만 했다. 어떻게 그녀에게 전할 말이 단 한마디도 없다는 건지! 진작 글을 배우지 않은 게 얼마나 후회가 되는지 몰랐다. 이미 집을 떠나오면서 멀리 떨어져 있는 것이 쉽지 않을 거라고는 예상했다. 하지만 이건 쉽지 않은 정도가 아니라 고문 그 자체였다. 하지만 며칠만 있으면 아기는 생후 7개월이 되고, 아기의 아버지가 원하는 대로라면 9개월째 젖을 떼게 된다. 그럼, 2개월만 더 이런 고통을 참으면 된다. 참자!

이렇게 자신의 악운에 마음을 비우고 스스로를 위로하던 안니키아는 아기가 7개월이 되던 바로 그날 그런 일이 닥치리라고는 상상조차 하지 못했다. 그날은 겹경사가 있던 날인데, 노니다의 첫 이가 난 날이기도 했다.

안니키아는 그날 초인종이 울리는 소리를 듣고, 크게 연달아 울리는 소리에 우체부인가 싶어 평소처럼 들뜬 마음으로 문을 열러 갔다. 그런데 누구인지 미처 깨닫지도 못한 사이 그녀는 매몰찬 따귀를 맞고 바닥에 엎어졌다. 안니키아의 남편 티타 마룰로가 창백한 얼굴로 화를 못 이긴 채 한쪽 발을 들고 그녀의 얼굴을 짓밟으려 하고 있었다.

"못된 년! 네 주인 어디 있냐?"

그 고함에 모리, 에르실리아, 라미첼리가 뛰어나왔다. 티타 마룰로는 송장처럼 창백한 얼굴로 모리 곁으로 다가가 그의 멱살을 잡고 격하게 흔들었다.

"내 아들이 죽었어. 알아? 죽었다고!"

그리고 그는 이 말을 듣고 비명을 내지른 안니키아에게 고개를 돌리며 말했다.

"이제 어떡할래? 돈으로 줄래? 아니면 네 아이를 줄래?"

"미쳤어!"

놀란 에르실리아가 온몸을 떨며 소리쳤다.

그때 모리가 마룰로를 세게 밀쳤고, 왜소한 몸을 부들부들 떤 채 마룰로에게 문을 가리키며 소리쳤다.

"나가! 이 불한당 같은 놈! 내 집에서 당장 나가라고!"

마룰로는 모리에게 가슴을 바짝 들이대며 말했다.

"왜, 어쩔 건데? 조심해, 난 더 이상 잃을 게 아무것도 없는 놈이야. 내 어머니는 병원에 있고, 내 아들은 죽었다고! 나는 네 얼굴에 침을 뱉고, 이 계집년을 데리러 여기에 온 거란 말이다."

그는 아직 바닥에 엎어져 있는 아내를 돌아보며 말했다.

"자, 일어나!"

이때, 도망가 보이지 않던 라미첼리가 잔뜩 겁을 먹은 채 숨을 헐떡거리며 경찰관 두 명과 함께 돌아왔다. 화가 나 온몸을 떨고 있던 모리는 곧장 그들을 향해 격분하며 말했다.

"어서! 어서 이 사람을 끌고 가시오! 이 불한당이 나를 모욕하고 협박하려고 내 집까지 찾아왔단 말이오!"

경찰관 둘은 각각 마룰로의 양팔을 잡았고, 그는 그들을 뿌리치려고 발버둥 치며 외쳤다.

"내 아내를 돌려줘!"

모리는 자신이 당한 폭행을 고발하려고 마룰로를 끌고 가는 경찰관들을 따라 경찰서로 향했다.

5

다음 날, 아기의 죽음과 늙은 마룰로가 병들었다는 소식을 알리는 만프로니 부인의 편지가 뒤늦게 도착했다. 하지만 티토에 대해서는 아무 언급도 없었다.

처음에 모리는 티타가 유배 중 도망쳤을 거라고 짐작했지만, 그의 병든 어머니가 병원으로부터 청원을 구해 지사의 중재로 특사를 받았다는 것을 나중에 알게 되었다. 일단 로마경찰서는 시칠리아에서 3년간 받게 될 특별감시에서 조금이라도 벗어날 경우, 형벌을 받던 곳으로 다시 되돌아가야 한다는 위협과 함께 그를 시칠리아로 보냈다.

남편에 대한 공포와 아들의 죽음에 괴로워하던 안니키아는 고열에 시달렸다. 사흘 동안 그녀는 미치는 줄 알았다. 서서히 정신착란과 환각에서 벗어나긴 했지만 망연자실하여 며칠 전 정신이 나가 있을 때보다 더 비탄에 빠져 있었다. 그녀는 쳐다보긴 하지만 보는 것 같지 않았고 그녀에게 하는 말을 듣고 고개를 끄덕이거나 '네'라고 대답은 하지만 결국엔 제대로 알아듣지 못한 걸 알 수 있었다.

그녀의 젖은 점점 줄었고, 이제 아기도 젖을 떼야만 했다. 그야말로 온 집안이 엉망진창이었다. 모든 일에 미숙하고 무능한 에르실리아는 유모를 찾으며 계속 울어대는 아기를 달래느라 이틀 밤을 지새웠고, 집안일까지 하며 새 하녀에게 지침을 일러주느라 정신없이 바쁜 데다 병든 안니키아까지 돌봐야 했다. 이런 상황에서 무엇을 해야 할지 몰라 손에 신문만 쥐고 주위를 어슬렁거리던 남편에게 그녀는 몹시 화를 냈다. 하지만 그런들 그가 무엇을 할 수 있겠는가?

"뭐 하는 거예요?"

에르실리아가 남편에게 소리쳤다.

"당신도 일 좀 해요! 여기서 아무도 없이 나 혼자 이러고 있는 거 안 보여요? 아기를 이렇게 안고서는 나한테 이런 난리를 일으킨 저 애를 돌봐줄 수도 없다고요! 가요, 나가서 저 애 입원시킬 병원이 있는지 한번 알아보라고요!"

이러한 제안에 모리는 아연실색해 에르실리아를 가만히

쳐다보았다.

"병원?"

"자비, 연민 몰라요?"

격노한 에르실리아가 대답했다.

"저 애를 위해서겠죠? 며칠째 잠도 못 자고 머리 빗질할 시간도 없는 나를 위해서가 아니라. 내가 이렇게 모두를 위해 하녀 노릇을 해야 한단 말이야? 어디 자리에서 일어나기만 해봐라! 단 하루, 단 일 분이라도 더 이상 내 집에 못 있을 테니!"

하지만 안니키아의 몸이 좀 나아지자 에르실리아는 이런 위협을 행동으로 옮길 용기가 없었다. 에르실리아는 안니키아의 시어머니가 거절한 돈을 모아뒀다고 고백하며 그녀에게 말을 걸었다. 하지만 안니키아는 대답했다.

"이제 와서 그 돈으로 제가 뭘 하겠어요? 이제 제게 남은 건 이 아기밖에 없는데!"

젖은 뗐지만 그녀 곁으로 돌아와 여전히 살갑게 대하는 노니다를 안니키아는 꼭 껴안았다.

하지만 하녀가 몸이 나아진 안니키아에게 아기를 데려갔을 때, 안니키아는 순간 강한 거부감을 느꼈다. 이 아기 때문에 자신의 아기가 죽지 않았는가! 하지만 천진난만한 아기가 자신의 손을 잡자 부정할 수 없는 강한 애정이 밀려들었다. 그렇게 그녀는 자기 아들을 품에 안 듯 아기를 꼭 껴안았다. 그러자 멈출 줄 모르는 눈물과 함께 그녀를 짓누르던 깊은 슬픔이 차츰 누그러졌다.

아기는 여전히 그녀의 젖을 찾았다.

"아이고, 아들아! 아이고, 아들아! 나한테 더 이상 뭘 더 바라니? 난 이제 아무것도 없단다. 난 더 이상 아무것도 줄 게 없어. 너한테도, 그 누구한테도……. 네 엄만 이제 끝났단다, 애야. 다 끝났어!"

적어도 어떻게, 왜 자신의 아기가 죽었는지 분명히 알 수만이라도 있다면. 영양실조 때문이었는지, 병 치료를 못 받아서였는지. 이렇게 아무것도 모른 채 체념해야 한단 말인가. 어떻게 이럴 수가 있는가. 마치 강아지 한 마리가 죽은 것처럼 이렇게! 아, 버림받은 불쌍한 아가. 부모도 곁에 없이 생판 모르는 사람 품에 안겨 죽었으니. 아, 주여! 아, 주여!

이런 그녀의 고통을 누가 치료해준단 말인가? 오히려 여주인은 이제 겨우 7개월밖에 안 된 아들에게서 젖을 뗀 이유로 안니키아에게 잔뜩 화가 나 있었다. 그것도 틀린 이유는 아니었다. 에르실리아도 엄마였으니 자기 아들 생각을 할 수밖에 없었다. 그 아기가 죽은 게 그녀와 무슨 상관이란 말인가? 안됐긴 했지만 마음이 아프지는 않았다. 한편 안니키아는 생각했다. '그래, 하지만 이제 자기 아들이 내 아들이기도 하다는 건 이해해야지. 그녀가 자기 아들을 낳는 데 고생했다면, 나는 그 아들을 위해 내 아기를 희생했다고. 이제 내게 남은 건 이 아이뿐이야.'

에르실리아 입장에서는 더 이상 아기 때문에 성가실 일이 없어 좋긴 했지만, 아들을 자기 아기처럼 여기는 안니키아가 지금보다 더 정을 주는 것도 원치 않았다. 그래서 시간이 가면 갈수록 그녀를 내쫓아야겠다는 결심을 더욱 굳건히 다지곤 했다. 더군다나 이제 그녀를 데리고 있어야 할 의무가 없지 않은가? 안니키아는 하녀로 삼기에도 유모로 삼기에도 적당하지 않았다. 또한 에르실리아는 아들이 표준 이탈리아어를 배우길 바랐다. 저런 억양으로 사투리만 말하는 안니키아로서는 불가능한 일이었다. 그러니 내쫓자! 남편 앞에서 미모를 뽐내는 꼴을 보자고 저 애를 데리고 있어야 한단 말인가? 안 돼! 내쫓자! 그리고 남편이 직접 그녀를 해고해야 한다.

"내가? 왜 내가 해야 하지?"

모리가 아내에게 말했다.

"당신이 가장이니까요. 그리고 이번 일로 당신이 보여준 자선과 동정을 그 애가 어떤 식으로 받아들였는지 모를 일이니까."

"내가?"

모리가 반복해 말했다.

"난 그 애한테 아무것도 보여주지 않았어."

"그럼 그 애가 그렇게 받아들였나 보죠. 나한텐 그게 그거예요. 안 보여요? 벌써 자기 집에 있는 것처럼 행세하는 거. 이렇게 엄마도, 여주인도 둘이 되는 거라고요. 당신은 이게 좋을지 몰라도 난 싫어요!"

모리는 아내에게 말을 하면 할수록 상황이 더 악화된다는 걸 잘 알면서도 자신의 생각을 다시 한 번 말해보았다.

"왜 자꾸만 있지도 않은 악을 보려 하고, 증오의 망령을 스스로 만들어내는 거지? 일과 연구에만 몰두하는 내가 언제 당신이 의심할 만한 행동을 한 적이라도 있나? 되도록 싸우지 않고, 당신 기분 상하지 않게 하려고 내 아이도 맘 놓고 제대로 쓰다듬어주지 않았건만. 이젠 저 불쌍한 애를 불신하는 건가? 당신 생각엔 이제 아들도 없고, 아들의 죽음을 저 애 탓으로 돌리는 무서운 폭군이 있는 곳으로 돌아간다고 생각하면 웃음이 나오겠소? 우리 아기에게 젖을 먹이러 여기에 왔다가 자기 아들을 잃었으니, 자기 아들을 희생한 대가로 우리 집에서 우리 아기 곁에 머물 권리가 있다고 생각하는 거겠지. 안 그렇소? 맞는 말 아니요?"

모리는 아내가 서재에 들어와 그와 이런 말을 나누기 전까지 자신이 써놓은 글을 무의식적으로 반복해 읽고 있었다. 그는 시칠리아에서 죽은 그 불쌍한 아기의 슬픈 사건을 되새기며 말롱의 작품인 《통합 사회주의》의 한 구절을 생각했다. 그는 그 아기의 죽음에 죄책감을 느끼는 대신, 며칠 후에 있을 사회주의자 모임에서 회담의 주제로 삼기로 했다.

예상대로 에르실리아는 모리의 그런 인도주의적 성찰에 반발했고, 그 순간 안니키아를 해고하기로 결정하며 서재를 나왔다. 분개한 모리는 회담을 위해 써놓은 첫 장을 움켜쥐었다가 바닥에 내던졌다. 잠시 후, 닫힌 문틈으로 불쌍한 안니키아가 절규하며 자신을 내쫓지 말라고 여주인에게 애원하는 말소리가 들렸다.

"보수가 없어도 괜찮아요. 절 하녀로 데리고만 있어주세요! 빵 한 조각만 주시면 돼요! 먹다 남아 버릴 빵이면 돼요! 땅바닥에서 잘게요. 제발 내쫓지만 말아주세요! 시칠리아로 돌아갈 수 없어요. 이 아기의 사랑을 위해서라도 절 불쌍히 여겨주세요! 절 내쫓으시면 어디로 가야 할지 몰라요, 아가씨. 전 어디로 가야 할지 몰라요. 시칠리아로는 못 돌아가요."

그 울음소리와 애원이 한동안 계속됐다. 그러다 어느 순간 아무 소리도 들리지 않았다. 모리는 에르실리아가 불쌍한 안니키아를 측은하게 여기고 아기를 돌보며 이 집에 남아 있으라고 허락했거니 생각했다.

잠시 후, 펠리치시모 라미첼리가 평소의 품위를 잃고 상기된 얼굴로 작은 두 눈이 눈물에 젖어 서재로 들어왔다.

만세! 만세! 라미첼리는 자칫하면 변호사가 보는 앞에서 엉큼하게 두 손을 맞비빌 뻔했다. 방금 여주인에게 내쫓긴 어여쁜 시칠리아 유모가 당장 그날 저녁부터 그의 집에서 지내기로 한 것이다. 라미첼리는 잘 알고 있었다. 역시나 유모를 하는 애들은 전부 다 쉬운 여자라는 걸! 그의 눈에 안니키아는 아직도 순진한 척하고 있어서, 그가 그녀를 원하는 게 단지 하녀가 필요해서라고 믿는 척하고 있는 것으로 보였다. 그렇지, 하녀로……. 왜 아니겠나?

"라미첼리 씨!"
"말씀하십시오, 변호사님!"
"조심하시오! 부탁컨대, 비뚤지 않게 똑바로 써주시오."
모리는 회담을 위해 베껴 쓸 종이 몇 장을 그에게 건넸다. 그리고 계속해서 쓰기 시작했다.
'말롱이 말한 바대로, 사회주의에 따르면 인간의 평등은 상대적 이중적 의미로 이해되어야 한다. 첫째, 모든 인간은 인간이기 때문에 존재의 조건을 보장받는다. 둘째, 그러므로 인간은 삶의 투쟁의 출발 지점에서 동등하며, 각자는 같은 사회적 조건에서 자신의 개성을 자유롭게 발휘한다. 하지만 현재 튼튼하고 건강하나 가난한 가정에서 태어난 아이는 허약하나 부유하게 태어난 아이와의 경쟁에서 굴복하고 만다.'
"라미첼리 씨!"
"네, 변호사님!"
"왜 그러시오? 미쳤소? 왜 그렇게 실실 웃으시오?"

침묵 속에서

"워털루! 아휴, 워털루! 워털루라고 발음하는 겁니다!"
"네, 산텔레나 다음에요."
"다음? 그게 무슨 말입니까? 지금 산텔레나가 무슨 상관 있습니까?"
"아, 맞다! 엘바 섬이요."
"지금 엘바 섬 얘기가 왜 나옵니까? 브레이 군은 역사 수업을 즉흥적으로 할 수 있다고 생각합니까? 자, 그만 앉으세요!"

창백한 얼굴의 체사리노 브레이는 수줍게 자리에 앉았다. 선생님은 화가 났다기보다 애석해하며 한동안 그를 쳐다보았다.

근면 성실하고 학업에 열심이어서 고등학교 첫 두 학년 동안 늘 칭찬을 받던 소년이 국립 기숙사 학교 교복을 입는 훌륭한 학생답게 수업에 열심인데도 불구하고, 나폴레옹 보나파르트가 워털루에서 패전한 진짜 이유조차 간파하지 못하고 있다니!

 대체 그에게 무슨 일이 일어난 것일까?

 체사리노 자신도 이런 상황을 깨닫지 못하고 있었다. 공부를 하려고 매일 몇 시간 동안 앉아 있었지만, 아니 더 정확히 말해서 근시안용 두꺼운 렌즈 너머로 책을 펼쳐놓고는 있었지만, 요즘 그의 머릿속을 떠나지 않는 생경하고 혼란스러운 생각들에 정신이 산만해져 더 이상 공부에 집중할 수가 없었다. 이 상태는 선생님들의 생각처럼 기숙사에 들어간 이후가 아니라 이미 그전부터였다. 오히려 체사리노는 자신의 그런 태도로 인해 어머니가 자신을 기숙사로 보낼 결심을 하게 된 거라고 생각했다.

 그를 체사리노가 아니라 체사레라고 부르던 어머니가 그의 눈을 쳐다보지 않은 채 말했다.

 "체사레, 넌 생활 방식을 좀 바꿀 필요가 있어. 또래 친구들도 좀 사귀고 말이야. 공부뿐만 아니라 취미 생활을 하는 데도 어느 정도의 규칙과 정돈이 필요한 거야. 그래서 말인데, 네가 괜찮다면 고등학교 마지막 학년을 기숙사에서 보내는 건 어떨까. 괜찮겠니?"

 그는 두 번 생각할 것도 없이 바로 그러겠다고 대답했다. 왜냐하면 몇 달 전부터 어머니를 보기가 무척 곤혹스러웠기 때문이었다.

 외아들인 체사리노는 젊은 시절 세상을 떠났을 아버지를 한 번도 본 적이 없다. 어머니는 젊다면 젊은 서른일곱이고,

체사리노의 나이가 어느새 열여덟이니 체사리노의 지금 이 나이 때쯤 결혼했을 것이다.

이런 계산이 어느 정도 맞아떨어지긴 했다. 하지만 그의 어머니가 아직 젊고, 열여덟 살에 결혼했다고 해서 결론적으로 아버지가 요절했다는 뜻은 아니다. 실제로는 어머니가 본인보다 훨씬 나이 많은 사람과 결혼했을 수도 있고, 아버지가 아주 나이 많은 노인이었을 수도 있지 않은가? 하지만 체사리노는 그다지 호기심이 많지 않았다. 그는 이런 생각은 물론, 다른 일들도 추측해본 적이 없었다.

게다가 집 안엔 아버지 사진 한 장 없었고, 그의 존재를 증명할 만한 그 어떤 흔적도 없었다. 어머니는 체사리노에게 한 번도 아버지 얘기를 한 적이 없었고, 그 역시 아버지를 궁금해하지 않았다. 그저 아버지의 이름이 그처럼 체사레였다는 것만 알고 있을 뿐이었다. 그것도 우연히 학교 졸업증명서를 보고 알게 되었다. '고(故) 체사레의 아들, 브레이 체사리노. 밀라노 출생'. 밀라노? 그렇다. 그는 밀라노에서 태어났다. 하지만 자신의 고향에 대해서도 아는 게 없었다. 물론, 밀라노에 대성당이 있는 건 알았다. 대성당, 비토리오 에마누엘레 상점가, 파네토네. 그가 아는 건 그게 다였다. 그의 어머니도 밀라노 태생으로 남편이 죽고 아들이 태어나자마자 곧바로 로마에 와서 정착했다.

어찌 보면 체사리노는 어머니조차 잘 모른다고 할 수 있었다. 그는 하루 종일 어머니 얼굴을 제대로 보지 못했다. 그녀는 아침부터 오후 두 시까지 직업학교에서 그림과 자수를 가르쳤고, 여섯 시까지 여기저기 돌아다니다 저녁 일곱 시, 어쩔 땐 여덟 시까지 프랑스어와 피아노 특강을 하곤 했다. 저녁에 피곤한 몸을 이끌고 귀가해서도 저녁 식사 직전의 짧은 시간 동안 하녀가 미처 다 하지 못한 집안일들을 하느라 분주했고, 식사 직후에는 개인교습 학생들의 숙제를 검토하곤 했다.

그의 집에는 꽤 좋은 가구들과, 유용한 살림, 옷으로 가득한 옷장과 식료품들로 가득 채워진 찬장이 갖춰져 있었다. 그도 그럴 것이 한시도 지칠 줄 모르는 어머니가 그토록 열심히 일을 하기 때문이었다. 하지만 집 안에는 늘 슬픔과 적막이 흘렀다.

기숙사에서 이런 생각을 하다 보니 체사리노는 아직도 마음이 아팠다. 집에 있었을 때 그는 학교에서 돌아와 잘 꾸며졌지만 어둠침침한 식당에서 고풍스러운 호두나무 원목 식탁 위 하얀 사각 냅킨 위에 놓인 물병에 책을 기대어 펴놓고 홀로 맛없게 점심을 먹곤 했다. 그리고 방에 틀어박혀 공부하다가 저녁 식사 때 그를 부르면 근시안용 렌즈 뒤로 눈살을 찌푸리며 어두운 표정으로 느릿느릿 방을 나왔다.

저녁 식사 중에 어머니와 아들은 거의 대화를 나누지 않았다. 어머니는 그에게 학교 소식과 어떻게 하루를 보냈는지 정도를 물었고, 종종 아들의 젊은이답지 않은 생활 방식을 꾸짖었다. 그녀는 아들이 능동적이길 원했다. 그래서 낮엔

밖에 나가 움직이며 활발하고 남자답기를 권했다. 공부도 물론 해야 하지만 취미 활동도 필요했다. 그녀는 늘 우울하고 창백하고 식욕부진인 아들을 보는 게 괴로웠다. 그녀의 권고에 그는 '네, 아니요'로만 짧게 대답했고, 그러겠다고 건성으로 대답하고는 빨리 잠자리에 들기 위해 식사가 끝나기만을 기다렸다. 그래서 그는 늘 아침 일찍 일어났다.

체사리노는 그렇게 혼자 성장해서인지 어머니에게 아무 친밀감이 없었다. 그는 너무나 활발하고 활동적이고 자유로운 어머니를 자기 자신과 아주 다르다고 느꼈다. 아마 그는 아버지를 닮은 것일지도 몰랐다. 아주 오랜 시간 동안 아버지의 부재가 남긴 공백은 늘 그와 어머니 사이에 존재했고, 해가 갈수록 점점 더 커져갔다. 어머니가 가까이 있어도, 그에겐 늘 멀리 있는 것 같았다.

언젠가 체사리노가 급우들과의 대화 도중 처음으로 자신도 모르게 가족에 대해 거짓말을 하게 된 적이 있었다. 그 일로 그는 그때까지 전혀 의심하지 않았던 삶의 부끄러운 비밀을 갑자기 깨닫게 되었고, 이제 어머니에 대한 그 거리감은 이상한 당혹감을 불러일으킬 정도로 점점 커져갔다. 그러자 그는 어머니가 더욱더 멀게 느껴졌다. 그가 집에서 보낸 마지막 며칠 동안에도 어머니는 아침부터 저녁까지 쉴 새 없이 많은 일을 하면서도 늘 아름답고 원기왕성 했고, 그런 아름다움을 위해 유난히 정성을 들였다. 어머니는 매일 아침 긴 시간 동안 정성스레 머리 손질을 했고, 절제된 기품과

남들에게선 흔히 볼 수 없는 우아함으로 옷맵시를 드러냈다. 그는 그런 어머니에게서 풍기는 향기만으로도 기분이 상했는데, 그건 전에는 한 번도 느껴본 적이 없는 기분이었다.

어머니를 향한 그런 이상한 마음가짐을 떨쳐내려고 그는 기숙사에 들어가라는 제안을 곧장 받아들였다. 어머니가 그런 자신의 마음을 알아차린 것일까? 그게 아니라면, 그에게 그런 제안을 한 동기가 따로 있는 걸까?

체사리노는 곰곰이 생각했다. 그는 어려서부터 착하고 학업에 열심이었고, 누가 시키지 않아도 늘 자신의 의무를 다했다. 몸집이 다소 왜소한 편이긴 했지만 건강한 편이었다. 그래서 어머니가 기숙사 입사를 제안하며 그에게 내놓은 이유들이 솔직히 이해되지 않았다. 하지만 그는 한편으로 치욕과 후회를 동반하는 그 이상한 생각들을 떨쳐버리려고 고군분투했다. 보다 큰 이유는 어머니가 병이 들었다는 것을 알게 되었기 때문이었다. 매주 일요일마다 기숙사를 찾아와 그를 방문하던 어머니가 몇 달 전부터 오지 않았다. 그녀는 몇 번 그를 만나러 와서 몸이 안 좋다고 울먹였다. 실제로 그녀는 전처럼 활기 있어 보이지 않았고, 그녀답지 않게 머리 손질도 소홀히 하고 있었다. 그는 그런 그녀를 보고 유난히 치장하던 그녀의 예전 모습을 보며 나쁜 생각을 한 것에 대해 더 깊이 후회했다.

가끔 어머니가 필요한 게 없냐며 보내던 편지에서 체사리노는 의사가 그녀에게 너무 오랜 시간 고생했으니 휴식을 취하라고 지시한 걸 알았다. 그럼에도 그녀는 그리 위중한 건 아니니 의사의 처방대로 잘 따르면 틀림없이 나을 것이라 확신하며 외출도 삼갔다. 하지만 병은 좀처럼 낫지 않았고, 체사리노는 걱정에 빠졌다. 그에게 그 마지막 학년은 유난히 더디게 흘러 좀처럼 끝날 줄 몰랐다.

그런 심리 상태에서 그가 역사 선생님의 질문인 나폴레옹 보나파르트가 워털루 전투에서 패한 이유를 간파하지 못한 건 당연한 일이었다.

바로 그날, 체사리노는 기숙사에 들어오자마자 교장의 호출을 받았다. 그는 그해의 부진한 성적 때문에 크게 야단을 맞을 거라고 예상했다. 그러나 교장은 오히려 그에게 친절하고 다정했고, 약간 곤혹스러운 듯 보였다.

"브레이 군."

이상하게도 교장은 한 손을 그의 어깨에 올리며 말했다.

"자네 어머니가 말이네."

"병이 악화되셨나요?"

체사리노는 겁먹은 눈으로 교장을 쳐다보며 그의 말을 가로막았다. 그리고 자신도 모르게 손에 쥐고 있던 모자를 떨어뜨렸다.

"그런 것 같네. 당장 집으로 가보게."

체사리노는 이유를 알려달라고 애원하는 눈빛으로 교장을 쳐다보았다.

"난 잘 모르네."

교장은 그 소리 없는 질문에 대답했다.

"조금 전 자네를 부르러 집에서 한 여자가 찾아왔네. 자! 가보게. 수위를 자네 곁에 붙여두겠네."

체사리노는 혼란스러운 상태로 교장실을 나왔다. 그는 당장 무엇을 해야 할지, 집에 더 빨리 도착하기 위해선 어느 길로 가야 할지 아무 생각이 나지 않았다. 수위는 어디 있지? 모자는? 모자는 어디에 뒀지?

교장은 체사리노에게 모자를 건네주었고, 필요하다면 하루 종일 그의 곁에 있어주라고 수위에게 당부했다.

체사리노는 집이 있는 피난체 거리로 달려갔다. 집에 도착하기 몇 발자국 전, 그는 대문이 반쯤 열려 있는 것을 보았고 갑자기 두 다리가 휘청거렸다.

"자, 어서 들어가 봐!"

이미 상황을 알고 있던 수위가 말했다.

집 안은 마치 저승사자가 쳐들어오기라도 한 듯 아수라장이었다.

헐레벌떡 안으로 들어간 체사리노는 곧장 어머니 방으로 시선을 옮겼다. 그리고 거기…… 침대 위에…… 길게 늘어진 어머니를 보았다. 그게 혼미한 상태에서 그가 본 어머니의 모습에 대한 묘하고 경악스러운 첫 인상이었다. 그녀는 마치 저승사자가 억지로 잡아당긴 듯 길게 늘어져 있었고, 뻣뻣이 굳어 밀랍보다 더 창백했으며 코 양옆의 눈 그늘은 이미 납빛이 되어 얼굴을 알아볼 수 없었다.

"어떻게? 어떻게?"

그는 말을 더듬었다. 근시안으로 잘 보이지 않아 어깨를 움츠린 채 목을 길게 빼고 본 어머니의 그런 모습에 그는 겁이 났다기보다 의문이 들었다.

그 죽음의 침묵을 깨며 마치 그에게 대답이라도 하듯, 갑자기 옆방에서 갓난아기의 목쉰 울음소리가 들렸다.

체사리노는 자신의 등 뒤로 면도칼이 닿은 듯 고개를 획 돌려, 온몸을 떨며 침대 옆에 무릎을 꿇은 채 소리 없이 울고 있던 하녀 로사 할머니를 쳐다보았다.

"아기?"

"저쪽에……."

로사가 가리켰다.

"어머니 아기?"

황당해진 그는 말이 아니라 한숨에 더 가까운 소리로 물었다.

로사가 머리를 끄덕였다.

체사리노는 어머니 쪽으로 다시 고개를 돌렸지만 도저히 그 모습을 보고 있을 수가 없었다. 너무나 격하게 참혹한 이 광경에 혼란스러워진 그는 멍해져 아무 느낌이 없다가 이내 갑작스럽게 밀려든 깊은 애도로 마음이 찢어질 듯 아팠다. 작동이 중지돼버린 듯한 몸 깊숙한 곳에서부터 비명처럼 올라오던 그의 목소리가 불안에 조여 밖으로 나오지 않았고, 그는 두 손으로 자신의 눈을 가리고 말았다.

결국엔 출산으로? 출산으로 돌아가셨단 말인가? 아니, 어떻게? 그럼, 이 때문에? 아기 울음소리가 들리는 곳에 누군가가 있다는 의심과 동시에 그는 고개를 돌려 증오에 찬 눈으로 로사를 뚫어지게 쳐다보았다.

"누구…… 누구지?"

그는 다른 말을 할 수가 없었다. 자신도 모르게 줄줄 흘러내리는 눈물 때문에 코밑으로 미끄러져 내려오는 안경을 떨리는 손으로 잡고 있었다.

"이쪽으로 와보세요. 이쪽으로……."

로사가 그에게 말했다.

"싫어. 그냥 말해."

그가 우겼다.

그는 어머니 침대 주위에서 누군지 모르는 사람들이 자신을 측은하게 쳐다보고 있는 것을 깨달았다. 그는 아무 말도 하지 않았다. 그리고 기숙사에 들어가기 전 자신이 지냈던 방 안으로 로사를 따라 들어갔다.

방 한쪽에 아직 부기가 빠지지 않은 자홍색 신생아의 목욕을 막 끝낸 조산원이 혼자 서 있었다.

체사리노는 몸서리치며 아기를 쳐다보았고, 다시 로사에게 고개를 돌렸다.

"아무도 없었어? 이 아기 혼자야?"

그는 혼잣말하듯 말했다.

"아이고, 도련님!"

로사가 두 손을 모으고 외쳤다.

"제가 무슨 말씀을 드릴 수 있겠습니까! 전 아무것도 모릅니다. 이 조산원에게 말하던 참인데…… 전 정말이지 아무것도 모릅니다! 여기엔 아무도 안 왔어요. 그건 제가 장담할 수 있어요!"

"어머니가 너한테 아무 말 안 하셨어?"

"아니, 전혀요! 제겐 아무것도 터놓고 말씀 안 하셨어요. 저야 당연히 묻지도 못했고……. 근데, 우시더라고요. 아, 몰래 많이 우셨어요. 점점 티가 나기 시작하면서 밖에 더 이상 나가지도 않으셨고……. 제가 무슨 말하는지 아실 거예요."

경악한 체사리노는 로사에게 더 이상 아무 말도 하지 말라는 신호로 두 손을 올렸다. 그는 자신을 끔찍한 공허 속으로 던져버린 어머니의 이 갑작스러운 죽음에 대해 더 자세히 알고 싶은 강한 욕구를 느꼈지만 더 이상 알려고 하지 않았다. 수치심이 너무나 컸다. 그의 어머니는 그렇게 죽었고, 아직 저기에 있었다.

그는 머릿속이 깜깜한 중에 혼자 생각을 정리하려고 창문가로 다가가선 두 손에 얼굴을 묻었다.

그 역시 의심이 갈 만한 어떤 남자도 집에서 본 기억이 없었다. 그렇다면 밖에서? 어머니는 거의 집에 없지 않았나! 집 밖에서의 어머니 삶에 대해 그는 대체 무엇을 알고 있었던가? 그도 함께 저녁 식사를 하곤 했던 어머니의 몇몇 친한 사람과의 관계 밖에서 어머니는 누구였던가? 한평생 어머니에게 그는 타인으로 남아 있었던 것이다. 누군가와 관계를 맺고 있었던 게 틀림없다. 그런데 누구와? 우시더라고? 그렇다면 그자가 어머니와의 결혼을 원하지 않았거나 할 수 없어서 어머니를 버렸을 것이다. 그런 이유로 어머니가 자신을 기숙사에 가둬둔 것이다. 피할 수 없는 수치심을 모면하고, 아들을 그 수치심에서 피하게 해주려고 했던 것이다. 하지만 그 다음엔? 어차피 그는 오는 7월에 기숙사를 나왔을 것이다. 그럼 그때는? 그 사이 어머니는 모든 죄의 흔적을 지우려 했던 걸까?

체사리노는 다시 아기를 보려고 얼굴에서 손을 뗐다. 그때 아기를 포대에 감싼 조산원이 그가 자던 침대 위에 아기를 눕혔다. 저 모자, 배냇저고리, 턱받이……. 아니다, 어머니는 아기를 자신이 키우려고 했다. 분명 어머니가 저 신생아 용품을 다 준비했을 것이다. 그가 기숙사에서 나오면 이 집에서 저 아기를 만났을 것이다. 그때 어머니는 그에게 뭐라고 했을까? 아, 그래서 돌아가셨구나! 이 몇 달간 얼마나 끔찍하고 은밀한 고문을 겪으셨을까! 아, 어머니를 능욕한 뒤 버림으로써 이런 죽음의 형벌을 당하게 한 그 남자가 정말 비열하기 그지없다! 어머니는 자신의 상태를 감추기 위해 집에 틀어박혔고, 직업학교 교사직도 잃었을 텐데……. 그 몇 달간 무슨 돈으로 살았을까? 물론, 오랜 시간 일하며 저축한 돈으로 지냈을 것이다. 하지만 이젠 어떡한단 말인가?

체사리노는 갑자기 조금 전보다 더 어둡고 황량한 공허가 엄습해오는 것을 느꼈다. 그는 혼자였다. 아무 도움 없이, 친척 하나 없이 혼자 살아야 하는 거였다. 세상에 나오면서 자신의 어머니를 죽인 저기 저 아기와 함께 홀로 남겨졌다. 그와 똑같은 운명으로 버려진 저 아기 역시 같은 공허 속에 남겨졌다. 아버지 없이…… 그처럼.

그처럼? 그렇다. 그 역시…… 어떻게 한 번도 그 생각을 못했는지! 그도 이렇게 태어났을지 모른다! 그가 아버지에 대해 아는 게 뭐였던가? 그 체사레 브레이가 누구란 말인가? 브레이? 하지만 이건 어머니의 성이 아니었던가? 그렇다. 엔리카 브레이. 어머니는 그렇게 자신의 이름을 적었고, 다들 어머니를 브레이 선생님으로 불렀다. 과부로 로마에 와서 교편을 잡았다면 남편 성 뒤에 자신의 성을 붙이지 않았을까? 아니다. 브레이는 어머니의 성이다. 결국 체사리노는 어머니의 성만 가지고 있었고, 집 안에는 그가 전혀 모르는 죽은 체사레의 어떤 흔적도 남아 있지 않았다. 아니, 어쩌면 존재한 적이 없을지도 모른다. 체사레는 존재했는지 몰라도 브레이는 아니다. 아버지의 진짜 성이 뭘까? 어떻게 지금까지 한 번도 이런 생각을 하지 않았는지!

"저기요, 도련님!"

로사가 그를 불렀다

"조산원이 말씀드릴 게 있다는데…… 아기한테……."

"그러니까요."

조산원이 로사의 말을 끊었다.

"당장 아기한테 우유가 필요한데 누가 주죠?"

당황한 체사리노는 조산원을 쳐다보았다.

"그러니까."

조산원이 말을 이었다.

"제가 말씀드리고 싶은 건…… 이렇게 태어나서…… 엄마가 없으니…… 그리고 도련님도 아기를 돌볼 수 있는 형편도 아니고 해서…… 그래서 말씀인데……."

"데리고 가겠다고요?"

체사리노가 눈을 찌푸리며 물었다.

"아니, 왜냐면요."

조산원이 계속해서 말했다.

"제가 시청에 출생신고를 해야 하는데 어떻게 하실 건지 알아야 해서요."

"네."

체사리노는 또다시 당황스러워하며 말했다.

"네, 기다려보세요. 우선, 우선 좀 보고 싶은 게……."

그는 무언가를 찾듯 주위를 두리번거렸다. 그러자 로사가 그를 도와주러 왔다.

"열쇠요?"

그녀가 낮은 목소리로 물었다.

"무슨 열쇠?"

아무 생각 없던 그가 물었다.

"뭔가 보시려고 열쇠 꾸러미를 찾으시는 건가 해서요. 저기 어머니 방, 경대 위에 있어요."

체사리노는 방으로 가다가 어머니를 다시 보게 될 생각에 걸음을 주춤했다. 그를 뒤따라오던 로사가 더 낮은 목소리로 말했다.

"도련님, 많은 걸 대비하셔야 해요. 알아요, 당황스럽다는 거. 이렇게 혼자서. 아유, 불쌍해라. 의사가 왔었어요. 제가 약국에 달려가서⋯⋯ 외상으로 약을 많이 가져왔거든요. 아휴, 그게 무슨 대수겠어요. 근데 이제 불쌍한 엄마도 좀 생각을 하셔야죠, 네? 어떡하죠? 도련님이 알아서 하셔야⋯⋯."

체사리노는 열쇠를 가지러 갔다. 그는 뻣뻣하게 굳어 침대 위에 길게 누워 있는 어머니를 다시 보았고, 그 모습에 이끌려 자신도 모르게 침대 가까이 다가갔다. 이제는 영영 닫혀버린 어머니의 저 입술을 통해 많은 것을 알고 싶었건만! 어머니가 저 아기와 자신의 출생의 비밀을 죽음이라는 끔찍한 침묵 속으로 가져가버렸다면⋯⋯ 그래도 혹시나 여기저기 뒤져보면⋯⋯ 열쇠가 어디 있었지?

그는 경대에서 열쇠를 꺼내 로사를 따라 서재로 들어갔다.

"자, 저기 저 사물함을 보세요."

그 안에는 어머니가 쓰고 남았을 1백 리라가 조금 넘는 돈이 들어 있었다.

"다른 건 없나요?"

"아무것도. 잠깐만⋯⋯."

체사리노는 사물함 안에서 편지 몇 통을 발견했다. 그는 곧장 그걸 읽고 싶었다. 편지는 세 통이었는데, 직업학교의 한 여선생님이 2년 전 그와 함께 여름휴가를 보낸 리오 프레도에서 보낸 것이었다. 어머니의 동료인 그 선생님은 이듬해 세상을 떠났다. 그 편지들 중 마지막 편지에서 순간 쪽지 하나가 떨어졌고 로사가 서둘러 주웠다.

"이리 줘! 이리!"

거기엔 수신자 이름도 날짜도 없이 만년필로 이렇게 적혀 있었다.

'오늘은 불가능. 아마 금요일쯤. 알베르토.'

"알베르토……."

체사리노는 로사를 보며 말했다.

"그래, 이 자야! 알베르토. 이 사람 알아? 아무것도 몰라? 정말 아무것도? 말해봐!"

"도련님, 말씀드렸잖아요, 전 아무것도 모른다고!"

그는 온갖 물건을 뒤집어 엎어가며 다시 사물함과 가구들 서랍을 뒤졌다. 하지만 아무것도 찾지 못했다. 결국 그 이름밖에 없었다. 저 아기의 아버지 이름이 알베르토일 거라는 정보밖에. 그리고 자신의 아버지, 체사레. 그 두 이름 외에 아무것도 아는 게 없었다. 그리고 그의 어머니는 저기에 죽어 있다. 집 안의 모든 가구는 그렇게 아무것도 모르고 태연하게 서 있었다. 이제 그는 더 이상 기댈 사람도 없이 어느 누구에게도 속해 있지 않은 갓 태어난 저 아기와 이 공허 속에 남겨졌다. 적어도 그는 얼마 전까지 어머니라도 있었다.

아기를 버리라고? 그럴 순 없다. 불쌍한 아기 같으니!

어느새 애틋한 형제애로 강한 동정심이 복받친 그는 자기 안에서 필사적인 힘이 솟아나는 것을 느꼈다. 그는 당분간을 위해 돈을 마련할 수 있을까 싶어 사물함에서 어머니의 보석 몇 개를 꺼내 로사에게 건넸다. 그리고 그와 같이 와준 수위가 있는 거실로 가 어머니 일을 다 처리할 때까지 기다려달라고 부탁했다. 그러고 곧장 다시 조산원에게 가 아기를 위해 유모를 찾아달라고 부탁했다. 그는 기숙사 모자를 가지러 서둘러 어머니 시신이 있는 방으로 들어갔다. 그리고 어머니에게 아기는 물론 자기 자신을 절대 포기하지 않겠노라고 마음속으로 약속한 뒤 교장을 찾아 기숙사로 뛰어갔다.

체사리노는 한순간에 다른 사람이 되어 있었다. 그는 교장에게 자신에게 일어난 모든 일과 앞으로의 자신의 결심을 담담히 들려주며 도움을 청했다. 그 어느 누구도 그런 그의 도움을 거절하지 않을 거라는 확신이 있었다. 자신에게 생명을 불어넣은 어머니와 누군지도 모르는 그 사람, 갓 태어난 아기를 자신의 품에 남기고 그에게서 어머니를 앗아간 그 사람 때문에 어쩔 수 없이 자신이 겪게 될 모든 고통에 대한 대가로 언제든지 세상의 도움을 받을 신성한 권리를 갖고 있다고 확신했다.

그의 이야기를 듣던 교장은 눈가에 눈물이 가득 고인 채 입을 다물지 못하고 그를 바라보았고, 원조를 위해 자신이 할 수 있는 모든 걸 빠른 시일 내에 할 것이며 절대로 그를 이대로 내버려두지 않겠다는 확답을 주었다. 그런 뒤 체사리노를 부둥켜안고 함께 눈물을 흘렸다. 교장은 바로 그날 저녁에 집으로 그를 만나러 가겠으며 좋은 소식을 가져갈 수 있길 바란다고 말했다.

"안녕히 계십시오, 교장 선생님. 그럼 기다리겠습니다."

이렇게 말하고 체사리노는 급히 집으로 돌아갔다.

서둘러 작은 원조가 이루어졌다. 체사리노가 미처 깨닫지도 못하는 사이 사람들이 어머니의 시신을 운반해가 주었다.

그의 생각은 온통 아기뿐이었다. 풍요로운 이 슬픈 집 밖에서 어떻게 자신과 함께 아기를 구해낼까 온통 그 생각뿐이었다. 호화롭지는 않지만 값비싸 보이는 가구, 커튼, 카펫, 식기 들 등 이 모든 장식품이 어디서 어떻게 들어왔을까 그는 돌연 의문에 휩싸였다. 그리고 이 물건들이 간직하고 있는 출처의 비밀을 상상하며 원한의 눈빛으로 그것들을 바라보았다 바라보았다. 교장의 도움으로 세를 얻은 변두리 세 칸짜리 집에 갖출 소박하고 필요한 것들만 남겨두고 가능한 빨리 그 물건들을 팔아야 했다.

체사리노는 이웃의 조언에 따라 중고 가구점과 고물상 상인들을 상대로 끈질기게 흥정을 했다. 이상한 생각이긴 했지만, 어머니가 아기를 낳다가 죽었으니 그 가구들이 아기에게 속해 있는 것 같았고, 아기를 대신해 누군가가 그 재산을 지켜준다면 어려서 아무것도 모르는 아기가 그 권리를 이어받을 수 있을 것 같았다.

그는 병약해 보이는 어느 침울한 고물상 여자에게 하마터면 어머니의 의복들과 귀중품을 팔 뻔했다. 유별나게 화려한 옷을 입고 피로에 찌든채 체사리노를 만나러 온 그녀는 살가운 미소와 나긋나긋한 말투로 어머니의 옷과 귀중품들이 어떤 주인을 찾아가게 될지 직감케 했다. 그는 그녀를 당장 쫓아냈다. 그 옷들은 어머니가 죽기 얼마 전까지 그를 불안하게 했던 그 향기를 여전히 간직하고 있었다. 다시 제자리에 갖다놓으려고 팔에 두른 그 옷들에서 이제는 아기의 숨결이 느껴지는 듯했다. 그리고 또다시 이 모든 것이 죽기 전에 어머니가 마련해둔 좋은 옷을 입고, 씻고, 분을 바른 아기에게 속해 있다는 이상한 생각이 들었다. 이미 그에게 아기는 구해내야 할 뿐만 아니라, 어머니가 쏟았을 온갖 정성으로 보살펴야 할 소중한 무언가가 되어 있었다. 그는 자신에게서 불쑥 솟아오르는, 어머니가 지녔던 그 대담한 열의를 느끼며 행복했다.

체사리노는 어머니에게서 이어받은 활발하고 대담한 민첩성이 타인의 눈에는 흉하게 마른 한 왜소한 체구의 소년이 역경에 대처하기 위해 아등바등하는 것으로 보인다는 걸 깨닫지 못했다. 그리고 그런 그의 절망적인 노력은 그를 경직되고, 의심이 많고, 잔인한 사람으로 만들었다. 그렇다. 잔인하기까지 했다. 체사리노는 그 혼란 속에서 자신을 정성껏 돌봐주던 로사 할머니를 주저 없이 해고했다. 아기의 유모에게 지불할 비용을 감당하기 위해선 그 방법밖에 없었다. 그

렁더라도 덜 거친 방식으로 그녀를 내보낼 수 있었지만, 그에겐 이런 자신의 행동도 스스로 용서되었고, 게다가 로사도 그런 그를 용서했다. 불쌍한 체사리노는 너무나 큰 운명의 잔혹함을 체험하고 있었기 때문에 정작 그 자신이 타인에게 가혹할 수 있다는 의심조차 할 수 없는지도 몰랐다 그가 동정을 살 만한 상황에 처해 있지 않았다면, 근시안용 두꺼운 렌즈 뒤로 보이는 날카로운 눈빛과 마치 대들기라도 하듯 앞으로 쭉 내민 창백하고 완고해 보이는 조그만 얼굴과 유난히 위로 솟은 좁은 두 어깨를 하고 헐레벌떡 뛰어다니는 애처로운 그의 모습을 보며 사람들은 그저 미소 짓고 말았을 것이다. 그는 제시간에 도착하지 못해 사람들에게 도움을 못 받을까 봐 불안해하며 여기저기 헐레벌떡 뛰어다녔다. 사람들은 기꺼이 그를 도왔고, 그는 고맙다는 인사조차 하지 않았다. 새로 이사 간 집의 정리가 끝나고 교장이 찾아와 그에게 문부성 서기 자리를 구해줬다고 알려줬을 때도 그는 굳이 감사해하지 않았다.

"그래, 보수가 그리 많진 않을 걸세. 저녁에 문부성 일이 끝나면 가끔 기숙사 생도들과 고등중학교 학생들에게 과외를 해주러 기숙사로 오게. 웬만큼 도움이 될 걸세. 자네는 잘하니까."

"네, 선생님. 근데 옷은 어쩌죠?"

"무슨 옷 말인가?"

"기숙사복을 입고 문부성에 갈 순 없지 않겠습니까?"

"기숙사 들어오기 전에 가지고 있던 옷들 중 한 벌을 입으면 될 걸세."

"그럴 수 없습니다, 교장선생님. 다 어머니가 원하는 대로 사놓은거라. 반바지밖에 없습니다. 검은색 옷도 없고요."

매번 수많은 역경이 그의 앞을 가로막을 때마다 그는 당황스럽다기보다 화가 났다. 그는 이겨내고 싶었다. 이겨내야만 했다. 하지만 그가 아무리 의지를 보인다한들, 결국 자신의 운명은 다른 사람들에게 달려 있는 것만 같았다. 문부성에서도 마찬가지였다. 그를 제외하고 모두 성인 남자인 서기 직원들은 그 복사 사무실이 부실한 성과로 문을 닫을지도 모른다는 상부의 위협에도 불구하고, 하루 종일 수다를 떨며 시간을 보내기 일쑤였다. 체사리노는 아무 말도 못하고 처음엔 의자에 앉아 한숨을 내쉬며 불안해하거나 발을 구르다가, 나중엔 의자 등받이를 주먹으로 치며 책상에서 고개를 획 돌려 그들을 노려보았다. 이런 그들의 멍청한 태만함이 옳지 않아서라기보다 그와 함께, 그를 위해 일하는 것을 의무로 느끼지 않은 그들 때문에 그가 일자리를 잃을 수도 있기 때문이었다. 어린 소년에게 임무 수행으로 질책을 당한 그들은 그를 비웃고 놀리기 시작했다. 이윽고 체사리노가 자리에서 벌떡 일어나 그들을 고소하겠다고 엄포를 놓았지만 상황은 더욱 악화될 뿐이었다. 그들은 오히려 해볼 테면 해보라는 식으로 그에게 맞섰다. 어쩔 수 없이 그는 이런 일로 사무실이 정말 문이라도 닫게 되면 그야말로 모두에게 해가 된다는 생각을 하지 않을 수 없었다. 그는 그들의 웃음소리에 내장을 도려내는 듯한 고통을 느끼며 느끼며 그들을 쳐다만 보고 있을 수밖에 없었다. 그리고 책상 앞에 앉아 또다시 작은 어깨를 굽히고 할 수 있는 한 많은 종이 위에 글자를 베껴 쓰고 또 베껴 썼다. 게다가 다른 서기들이 쓴 몇 장 안 되는 복사본도 그가 검토해 수정했다. 그는 그들이 무슨 악담을 떠들어대도 못 들은 척 일에만 열중했다. 이런 이유로 그는 자신이 맡은 일을 다 끝내고도 다른 사람들보다 한 시간 후에나 문부성 건물을 나오곤 했다. 교장은 체사리노가 고난에 경직된 냉혹한 눈빛으로 헐레벌떡 기숙사에 도착하는 모습을 볼 때마다 그 눈빛에서 수많은 난관과 운명에 대항해 스스로를 방어하는 걸로도 모자라 안타깝게도 이젠 사람들을 향한 적의까지 더해진 걸 보았다.

"아니네, 그런 게 아니네."

교장은 이런 말로 그를 위로하곤 했다. 그리고 어쩔 때는 애정이 담긴 질책을 하기도 했다.

하지만 체사리노는 그 어떤 위로와 질책의 말도 듣지 않았다. 그건 마치 그가 길을 뛰어가면서 아무것도 보지 않는 것과도 같았다. 그는 변두리에 있는 먼 집에서부터 아침 일찍 정시에 사무실에 도착해 정오가 되면 점심을 먹으러 다시 집으로 갔다가 오후 세 시에 다시 사무실에 출근했다. 전차비를 아끼기 위한 것도 있고, 전차를 기다리다 시간을 놓칠까 겁이 났기 때문에 늘 걸어 다녔다. 그리고 저녁이 되면 녹초가 되어 집에 돌아왔다. 어찌나 피곤한지 닌니를 잠시라도 안아줄 힘이 없어 일단 앉기부터 해야 했다.

녹슨 철 난간이 있는 발코니 위에서 바라본 교외 텃밭들의 풍경이 그에게는 아름다워 보였고, 닌니를 무릎에 앉혀놓으니 하루 동안의 달음박질과 피로와 고통이 다 보상받는 느낌이었다. 하지만 이제 겨우 세 달 정도밖에 안 된 아기는 체사리노와 같이 있고 싶어 하지 않았다. 낮 동안 거의 그를 보지 않아 낯을 가리기도 했고, 그가 아기를 잘 안을 줄 모르기 때문이기도 했고, 아니면 유모의 변명처럼 아기가 졸릴 수도 있었다.

"자, 저한테 주세요. 제가 재울게요. 그리고 이따가 저녁 식사 챙겨드릴게요."

체사리노는 황혼의 마지막 차가운 빛 속에서 발코니에 앉아 식사를 기다리며 희미하고 어스름한 하늘에 벌써부터 모습을 드러낸 초승달을 바라보았다. 그러다 텃밭들을 두르고 있는 먼지가 잔뜩 낀 마른 나무 울타리 한쪽의 지저분하고 인적 없는 골목길 위로 시선을 옮겼다. 그는 피로와 함께 마음속에 무언가 음산한 불안감이 엄습해오는 것을 느꼈다. 눈물이 날 것 같자 그는 이를 악물고 난간을 꽉 쥔 채 동네 장난꾸러기들이 돌을 던져 다 깨뜨리고 유일하게 남은 골목의 한 가로등을 뚫어지게 쳐다보았다. 그리고 기숙사 생도들과 교장에 대해 일부러 나쁜 생각을 품기 시작했다. 물론 교장은 늘 그에게 잘해줬지만, 자신이 선한 사람이라는 자족감에 그에게 베푼 선의였음을 깨닫고는 이전처럼 그를 신뢰할 수 없었다. 이제 그런 선의를 받아들이는 게 그에겐 굴욕적인 빚과도 같았다. 그리고 사무실 동료들도 음란한 대화와 야한 질문들로 그를 난처하게 했다. '저 녀석 해봤을까? 어떻게 했을까? 해보긴 해봤을까?' 어느 날 저녁의 기억을 떠올린 그는 눈물이 왈칵 쏟아져 나왔다. 그날도 어김없이 정신없이 길을 가고 있었다. 그러다 그만 어느 창녀의 면전에서 발을 헛디디고 말았다. 그녀는 그를 피하는 척하며 곧 두 팔로 자신의 가슴에 그를 밀착시켰다. 그녀의 맨살에 닿은 코끝에서 어머니의 향기와 같은 냄새를 맡은 체사리노는 소리를 내지르며 그녀를 밀쳐낸 뒤 달음박질쳤다. 그는 동료들이 지금 그에게 '숫총각! 숫총각!' 하며 조롱하는 것 같아 괴로워 난간을 움켜잡고 이를 악물었다. 그는 절대로 누군가와 사랑을 나눌 수 없을 것 같았다. 코끝에 풍기던 어머니의 그 향기가 영원히 그에게 강한 혐오로 남을 것 같기 때문이었다.

정적 속에서 아기를 재우던 유모가 의자를 흔들거리자의자의 앞다리와 뒷다리가 번갈아가며 쿵쿵 벽돌 바닥에 부딪치는 소리가 들렸다. 저쪽 울타리에선 텃밭 가꾸는 이가 뱀처럼 긴 호스를 잡고 부채꼴 모양으로 물을 쏘며 텃밭에 물 주는 소리가 들렸다. 체사리노는 호스에서 뿜어져 나오는 그 물소리가 좋았다. 그 소리가 자신의 영혼을 편히 쉬게 해주는 것만 같았다. 그는 텃밭 가꾸는 이가 혹시나 방심해 몇 군데만 물을 너무 많이 주지 않기를 바랐지만, 이내 흙은 진흙

이 돼 물에 가라앉는 듯한 소리가 들렸다. 그런데 하필 왜 지금, 오후에 어머니가 집에 있을 때면 친구들에게 차를 대접하며 작은 테이블 위에 깔던 그 테이블보가 머릿속에 떠올랐을까? 담청색 가장자리에 수술을 촘촘히 늘어뜨린 다마스크 무늬의 그 테이블보가. 그 테이블보, 닌니의 아기용품, 엄마의 품위, 취향, 그 깔끔함. 그런데 이젠 식탁 위엔 더러운 식탁보가 깔려 있고, 식사는 여태 차려져 있지 않았으며, 그의 침대는 정리되지 않은 채 아침에 일어난 그대로였다. 그렇다고 아기라도 깔끔하면 모르겠다. 아기 옷도 더럽고, 턱받이도 더럽다. 유모를 조금이나마 야단치려고 해도 분명 그녀는 화를 내며 그가 없을 때 아무 죄 없는 아기에게 화풀이할 위험이 있었다. 그러고는 아기를 보기 때문에 집 정리와 부엌일할 시간도 없다는 이중의 변명을 서슴없이 늘어놓으며 아기에게 손이 안 간 부분이 있다면 그건 자신이 하녀에 요리사 노릇까지 다 해야 하기 때문에 어쩔 수 없다고 볼멘소리를 했다. 못난 촌뜨기 같으니라고. 나무통 같은 모습으로 시골에서 온 주제에 이젠 머리를 높이 빗어 묶고 리본을 달고는 스스로 예쁘다고 믿는다. 그래도 참아야지! 젖은 좋으니. 보살핌을 잘 못 받기는 해도 아기는 그 젖을 먹고 잘 자라고 있지 않은가! 아, 엄마와 얼마나 닮았는지! 저 똑같은 눈과 코와 입……. 유모는 아기가 그와 닮았다고 하지만 말도 안 되는 소리다! 그 자신조차 정말 누굴 닮은 건지 알지도 못하는데! 하지만 체사리노는 더 이상 알고 싶지도 않았다. 그저 닌니가 엄마를 닮았으면 그걸로 족했다. 아니, 그 이상으로 좋았다. 왜냐하면 아기의 얼굴에 뽀뽀를 해주면서 이젠 누군지 알고 싶지도 않은 그자의 모습을 머릿속에 그릴 일이 없기 때문이 었다.

저녁 식사 후, 방금 정리한 식탁 위에서 그는 공부를 시작했다. 다음 해에 고등학교 졸업 시험을 치르고 나서 가능하다면 등록금을 면제받아 대학에 갈 생각이었다. 법학과에 등록할 것이고, 졸업장을 받게 되면 자신이 지금 일하는 문부성의 서기장 시험을 볼 수 있었다. 그는 말단 서기직의 미천하고 안정적이지 못한 조건에서 가능한 한 빨리 벗어나고 싶었다. 하지만 공부를 하면서도 어떤 날 저녁엔 우울한 좌절감이 서서히 밀려들어 그를 제압했다. 지금의 수고가 앞으로 해야 할 공부와 너무나 동떨어져 있는 것만 같았다. 그 거리감을 생각하며 마음이 산만해진 그에겐 자신이 하고 있는 그 수고 자체도 헛된 것처럼 느껴졌고, 끝이 없을 것이며 끝도 나지 않을 것만 같았다. 살림이라곤 거의 아무것도 없는 세 칸짜리 집의 정적이 얼마나 깊은지 책을 더 잘 보기 위해 천장에서 떼어내 식탁 위에 올려둔 램프의 심지가 타들어가는 소리까지 들렸다. 그는 코끝에 있던 안경을 벗고 반쯤 감은 눈으로 램프의 불꽃을 응시했다. 그러자 그의 눈가로 굵은 눈물이 고이며 턱 아래에 펼쳐져 걸친 책 위로 왈칵 쏟아져 내렸다.

하지만 그런 순간도 잠시였다. 그는 다음 날이 되면 귀와 뺨을 타고 길게 자란 병자 같은 생머리를 하고, 근시안 특유의 긴장한 굽은 어깨 위로 땀에 젖은 그 깡마르고 창백한 얼굴을 쭉 내밀고는, 작아진 그의 총총한 눈을 덮고 있는 안경 때문에 연약한 콧등에 피가 몰릴 정도로 일에 열중했다.

하녀였던 로사가 종종 그의 집을 방문했다. 로사도 유모가 일을 잘하지 못한다는 것을 체사리노에게 알려주며 이웃집 여자들이 유모에 대해 어떻게 말하는지 알아보라고 주의를 주었다. 하지만 체사리노는 그녀의 말을 무심코 넘겼다. 그는 로사가 이전 일을 원망해 그렇게 말하는 거라고 의심했다. 왜냐하면 그녀는 그의 집에서 쫓겨나지 않으려고 많은 엄마들이 분유로 아이를 키우고 있고, 다들 만족해한다며 분유를 권유했기 때문이다. 하지만 아무도 모르게 임신 2개월에 접어든 유모를 내쫓게 되자 로사의 말이 옳았다고 할 수밖에 없었다. 아기는 착한 할머니가 더 잘 보살펴주기 때문이기도 했고 바뀐 양육 방식에도 잘 적응했다. 그렇게 로사는 그 버려진 두 명의 아이들을 돌보러 다시 돌아온 것을 무척 기쁘게 여겼다.

마침내 체사리노는 수많은 역경을 딛고 진정한 마음의 평정을 누릴 수 있었다. 이제 믿을 만한 사람에게 닌니를 맡겨두고 맘 편히 일하고 공부할 수 있었다. 저녁에 귀가하면 집은 깔끔하게 정리되어 있었고, 닌니는 새신랑처럼 말끔한 데다 맛있는 저녁 식사는 물론이고 잠자리도 포근했다. 그에겐 이게 바로 행복이었다. 닌니의 첫 옹알이와 귀여움 넘치는 행동들은 체사리노와 로사를 무척 즐겁게 해주었다. 체사리노는 로사가 안심을 시키는 데도 불구하고 분유 때문에 혹시나 몸무게가 줄까 이틀에 한 번씩 아기 몸무게를 재어 보냈다.

"잘하면 저보다 더 무거워질 것 같은데 모르시겠어요? 늘 나팔을 불고 있구먼!"

나팔은 젖병을 말하는 것이었다.

"자, 닌니. 어디 나팔 한번 불어보렴!"

닌니는 주저 없이 젖병을 물었고, 다른 사람이 젖병을 잡아주는 게 성에 차지 않은 듯 훌륭한 나팔수처럼 스스로 잡고 싶어 했다. 젖병을 물고 아기가 만족스러운 얼굴로 예쁜 두 눈을 지그시 감으면 두 사람은 그런 아기를 바라보며 황홀경에 빠지곤 했다. 아기는 종종 우유를 채 다 먹기도 전에 잠이 들었고, 그러면 그들은 조용히 일어나 숨을 죽인 채 발꿈치를 들고 아기를 요람에 데려가 눕혔다.

수많은 노력으로 야간 수업을 열심히 한 결과, 체사리노는 이제 나폴레옹 보나파르트가 워털루에서 패전한 진짜 이유를 알 수 있었다.

체사리노는 여느 날처럼 그날 저녁도 한시라도 빨리 닌니에게 뽀뽀를 해주고 싶은 마음에 서둘러 귀가했다. 그런데 로사가 불안한 표정으로 문턱에서 그를 막아 세우더니 어떤 신사가 그를 만나려고 삼십 분 이상 기다리고 있다고 알렸다.

체사리노 앞에는 쉰 살 쯤 돼 보이는 키 크고 풍채가 좋으며 회색 머리카락에 갈색 피부를 가진 한 남자가 서 있었다. 그는 상을 당한 지 얼마 되지 않았는지 아래위로 검은 옷을 입고 어둡고 심각한 얼굴을 하고 있었다. 식당에서 체사리노를 기다리고 있던 그는 체사리노가 울린 초인종 소리에 자리에서 일어나 있었다.

"제게 하실 말씀이 있다고요?"

체사리노는 의심에 찬 당황한 눈빛으로 그를 유심히 살피며 물었다.

"네, 괜찮다면 단둘이 말하고 싶군요."

체사리노가 방문을 가리켰고 그를 먼저 들여보낸 뒤 벌써부터 떨리는 손으로 문을 닫았다. 그는 안경 뒤로 눈을 가늘게 뜨고 미간을 찌푸린 채 더더욱 창백해진 얼굴로 그를 향해 고개를 돌렸다.

"알베르토 씨죠?"

"네, 알베르토 로키라고 합니다. 제가 여기 온 건……."

체사리노는 몸을 떨더니 안색이 변해서는 그에게 가까이 다가가 싸움을 걸듯 으르렁대며 말했다.

"우리 집엔 뭣 때문에 왔죠?"

안색이 창백해진 그는 침착함을 유지하며 뒷걸음쳤다.

"제 말 좀 들어보세요. 전 좋은 의도로 온 겁니다."

"무슨 의도요? 제 어머니는 돌아가셨다고요!"

"압니다."

"하, 안다고요? 그럼 그걸로 충분하지 않나요? 당장 여기서 나가세요, 아니면 후회하게 만들 테니!"
"저기요!"
"나에게 치욕을 주러 여기 온 걸 후회하게······."
"그게 아닙니다. 저기······."
"당신을 보는 것만으로 치욕입니다! 나한테 원하는 게 뭡니까?"
"제 말을 들어보지도 않으시고······. 진정하세요!"
체사리노의 공격에 그가 당황해하며 말을 이었다.
"다 이해합니다. 하지만 제 말을 들어보시면······."
"아니요!"
체사리노는 연약한 두 주먹을 들고 온몸을 떨며 단호하게 외쳤다.
"이것 보세요, 난 아무것도 알고 싶지 않습니다! 설명도 필요 없어요! 감히 이렇게 내 앞에 나타난 것만으로 족해요! 당장 나가세요!"
이때, 그가 더 이상 참지 못하겠다는 듯 화를 내며 말했다.
"하지만 여기에 제 아들이 있습니다."
"당신 아들이요?"
체사리노가 격분해 말했다.
"아, 그래서 여기 온 거군요. 이제야 기억이 나나 보죠? 당신 아들이 여기에 있다는 게?"
"그땐 저도 어쩔 수 없었습니다. 제 말을 좀 들어 보시고······."

"무슨 말을 하고 싶은 겁니까? 가세요! 당장 나가요! 당신이 제 어머니를 죽게 했어요! 가세요, 아니면 사람들을 부르겠어요!"

로키는 눈을 지그시 감고 깊은 한숨을 내쉰 뒤 말했다.

"알겠습니다. 어쩔 수 없이 다른 데서 제 정당함을 인정받을 수밖에요."

그는 이렇게 말하고 뒤돌아 걸었다.

체사리노는 격분한 나머지 그의 등에 대고 소리쳤다.

"정당함? 당신이? 비열한 놈! 내 어머니를 죽게 만든 주제에 정당함을 인정받겠다고? 네가? 나한테? 뭐? 정당함?"

그는 고개를 돌려 우울한 얼굴로 체사리노를 쳐다보았다. 그리고 자신을 모욕하는 그 왜소한 소년에게 분노와 함께 동정 어린 미소를 지으며 입을 열었다.

"나중에 알게 되겠죠."

그는 이렇게 말하고 떠났다.

체사리노는 어두운 부엌 문 뒤에 남아 있었다. 수줍음 많고 연약한 그는 원망과 수치심과 사랑하는 아기를 잃을 것 같은 두려움에 충격을 받고 온몸을 부들부들 떨고 있었다. 마음을 어느 정도 진정시킨 뒤, 그는 로사의 방문을 두드렸다. 그녀는 아기를 꽉 껴안은 채 방문을 잠그고 있었다.

"저도 다 알아요. 그자가 누군지."

로사가 체사리노에게 밀했다.

"닌니를 원했어."

"그자가요?"

"응, 자기 정당함이래, 글쎄. 그걸 인정받겠다는군."

"그자가요? 누가 그걸 인정해준대요?"

"아버지잖아. 근데 이제 와서 나에게서 닌니를 뺏어갈 수 있는 건가? 내가 개처럼 쫓아냈어! 그자한테 내가 그랬어. 그자가 내 엄마를 죽게 만들었다고, 내가 아기를 거뒀고, 이젠 내 아기라고. 내 아기! 어느 누구도 내 품에서 이 아기를 앗아갈 순 없어! 내 아기야! 내 아기라고! 비열한 인간 같으니, 살인자."

"맞아요! 그렇고 말고요! 진정하세요, 도련님!"

그보다 더 괴롭고 비탄에 빠진 로사가 말했다.

"억지로 아기를 데려갈 수는 없는 일이에요. 도련님도 정당함을 인정받으실 거예요. 우리가 키운 닌니를 데려갈 수 있는지 두고 보자고요. 아무 걱정 마세요. 도련님이 따끔하게 혼을 내줬으니 이제 다시는 안 나타날 거예요."

맘 좋은 로사가 저녁 내내 이런저런 말로 체사리노를 안심시켰지만 그는 마음이 놓이지 않았다. 다음 날, 문부성에서도 고뇌는 끊이지 않았다. 그는 정오가 되자 불안한 마음에 헐레벌떡 집으로 돌아왔다. 그리고 오후 세 시가 되어서도 사무실에 돌아가려 하지 않았다. 로사는 빗장을 걸어 잠그고 아무에게도 문을 열어주지 않겠으며, 잠시도 닌니에게서 눈을 떼지 않겠다고 약속하면서 체사리노를 억지로 집 밖으로 밀어냈다. 그렇게 다시 사무실로 돌아가긴 했지만,

그날 저녁 학생들 과외 수업이 있는 기숙사로는 향하지 않고 여섯 시에 집으로 돌아왔다.

멍한 사람처럼 기운 없이 낙담에 빠진 체사리노를 보던 로사는 온갖 방법으로 그의 사기를 일깨우려고 노력했다. 하지만 소용없었다. 뭔가 불길한 예감이 체사리노의 마음을 괴롭혀 안정을 찾을 수가 없었다. 그렇게 그는 뜬눈으로 밤을 샜다.

다음 날, 체사리노가 정오에 점심을 먹으러 집에 오지 않았다. 로사는 의아했다. 그리고 마침내 오후 네 시쯤 그가 눈에 살기를 품고 낯이 파랗게 질린 채 숨을 헐떡이며 집에 도착했다.

"아기를 그자에게 줘야 해. 경찰서에서 날 불렀어. 그자도 거기 있더군. 엄마의 편지를 보여줬어. 그자 아기야."

체사리노는 로사가 안고 있는 아기를 차마 쳐다보지 못하고 몸을 부들부들 떨며 말했다.

"아, 아가야!"

로사는 닌니를 가슴에 품고 외쳤다.

"아니, 어떻게! 뭐라고 하던가요? 법이 어찌 그럴 수가……"

"그자가 아버지라니까! 아버지라고! 그러니까 그자 아기야!"

체사리노가 대답했다.

"그럼, 도련님은요? 도련님은 어떡하고요?"

로사가 물었다.

"나? 나도 아기랑 있을 거야. 같이 갈 거야."

"닌니랑 그자 집에요?"

"응, 그자 집에."

"아, 그래요? 그럼, 둘이 같이요? 아, 그럼 좋죠! 아기를 떠나지 않으시겠네요. 그럼, 저는요? 이 불쌍한 로사는요?"

체사리노는 로사에게 직접 대답하지 않고 그녀의 품에 있던 아기를 자신의 품에 안았다. 그리고 울면서 아기에게 말했다.

"닌니야, 불쌍한 로사 할머니는 어쩌지? 할머니도 데려갈까? 그건 옳은 일이 아니야! 그럴 순 없어! 불쌍한 로사 할머니한테 우리가 가진 거 다 주자. 여기 조금 남아 있는 거 모두. 우리 셋이 함께 참 잘 지냈는데, 그렇지? 근데 안 된대, 안 된대……."

그러자 로사가 눈물을 삼키며 말했다.

"도련님, 지금 저 때문에 이렇게 괴로워하시는 거예요? 전 늙었고, 더 이상 아무것도 아니에요. 신이 절 도와주실 거예요. 저야 도련님과 아기가 행복하기만 하면……. 그리고 말씀해보세요. 혹시라도 제가 나중에 도련님을 찾으러, 이 천사 같은 아기를 보러 갈 수도 있지 않겠어요? 제가 가면 설마 절 쫓아내지는 않겠죠. 어쩌면 그럴 수도 있지 않겠어요? 첫 고비만 넘기면, 도련님한테도 그게 좋을 거예요. 안 그런가요?"

"그럴지도 모르지."

체사리노가 말했다.

"일단, 짐을 다 싸, 빨리……. 닌니 짐이랑, 내 물건이랑 네 물건도 모조리. 오늘 저녁에 떠날 거야. 오늘 저녁 식사 때 나랑 닌니를 기다리고 있겠다고 했어. 내 말 잘 들어. 너한테 다 남길게."

"도련님, 무슨 말씀을!"

로사가 외쳤다.

"전부 다, 내가 가진 돈 다. 나랑 닌니에게 베푼 그 모든 애정을 생각하면 이보다 더한 것도 줘야 하는데……. 아무 말도 하지 마! 더 이상 아무 말 말자. 네가 알고, 내가 아니까. 그걸로 충분해. 그리고 저기 얼마 안 되는 가구들도. 우린 어차피 다른 집에 있을 테니까. 이 집은 네가 원하는 대로 해. 나한테 고마워하지 마. 다 준비해서 떠나자. 너 먼저 떠나. 혼자 두고 못 갈 것 같아. 그리고 내일 날 찾아와. 그럼 그때 열쇠랑 다 내줄게."

로사는 대꾸 없이 그가 하라는 대로 했다. 무슨 말이라도 하려고 입을 열기에는 가슴이 터질 것만 같았고, 말은커녕 눈물만 글썽일 게 분명했다. 그녀가 준비를 끝냈고, 자신의 보따리도 쌌다.

"어차피 내일 다시 올 거면, 여기 놔둘까요?"

그녀가 물었다.

"그래."

체사리노가 대답했다.

"자, 이제 여기 닌니한테 뽀뽀해주고, 어서 뽀뽀해주고, 잘 가."

로사는 어리둥절하는 아기를 품에 안았다. 하지만 얼른 입맞춤을 해주지 못하고 말을 토해냈다.

"바보같이 울기는. 왜냐면 내일……. 자, 도련님, 여기, 아기 안으세요. 기운 내세요, 아셨죠? 도련님께도 인사드릴게요. 그럼, 내일 뵐게요."

훌쩍이던 그녀는 손수건으로 입을 막으며 뒤도 돌아보지 않고 그곳을 떠났다.

체사리노는 곧장 빗장을 걸어 잠그고 쭈뼛쭈뼛 선 머리카락을 한 손으로 훑었다. 그는 닌니를 침대에 눕혀 울지 말라고 한 손에 은시계를 쥐어주고는 서둘러 종이 위에 로사에게 미천한 살림을 모두 증여한다는 글을 남겼다. 그런 다음 급히 부엌으로 가 재빠르게 화로에 활활 타는 불을 준비해서는 방으로 가져갔다. 그는 덧창문과 문을 모두 꼭꼭 닫았다. 그리고 로사가 성모마리아 그림 앞에 늘 켜놓는 희미한 램프 불빛 속에서 닌니 옆에 누웠다. 그러자 닌니가 손에 쥐고 있던 시계를 침대 위에 떨어뜨리고 평소처럼 한 손을 들어 형의 코에서 안경을 움켜잡았다. 체사리노는 이번엔 아기가 하는 대로 그냥 내버려두었다. 그는 눈을 감고는 아기를 자신의 가슴에 꼭 껴안았다.

"자, 이제 가만히 있어, 닌니야. 가만히. 이제 잠을 자자구나."

옮긴이 말

이탈리아 영화계의 오마주,
루이지 피란델로

지난 2017년은 1934년 노벨문학상 수상자인 루이지 피란델로 탄생 150주년이 되는 해였다. 그래서 이를 기념하는 행사가 한 해 동안 세계 곳곳에서 이뤄졌다. 이탈리아 공중파 방송에서는 피란델로의 극작품을 자주 방영했고, 피란델로의 고향인 시칠리아의 아그리젠토 지방에서는 그의 작품들을 중심으로 한 연극, 영화, 낭독 공연 등 다양한 행사가 진행됐다. 아그리젠토와 자매결연 도시인 포르투갈의 리스본은 특정 거리를 작가의 이름으로 명했으며, 그가 리스본 체류 중 묵었던 팔라시오 에스토릴 호텔에서는 피란델로를 비롯해 그곳을 방문한 유명 인사들의 사진전을 열었고, 그의 이름을 호텔 스위트룸에 넣기도 했다. 피란델로가 졸업한 독일의 본(Bonn) 대학은 그의 탄생 150주년을 기리는 기념비를 세웠으며, 취리히와 뉴욕 등 세계 도시에서는 피란델로의 시학에 관한 학회와 세미나가 개최됐다.

피란델로는 극작가로 널리 알려져 있지만 수많은 단편을

집필한 '이야기꾼'으로, 그의 유명한 희곡 작품들 중에는 기존 단편소설을 개작한 작품이 많다. 시칠리아뿐 아니라 이탈리아 국민들에게 많은 사랑을 받고 있는 피란델로의 '대중성'은 소설과 희곡이라는 문학 장르를 넘어 연극 상연은 물론, 영향력 있는 대중매체 중 하나인 영화로까지 종횡무진할 정도로 흥미롭다.

이탈리아에서 발간된 피란델로의 단편소설집 《1년 동안 읽을 단편 모음집》은 1884년부터 1936년까지의 단편소설을 담고 있다. 1922년, 피란델로는 각 권마다 15편의 단편소설을 실어 총 24권으로 집대성한 단편 전집을 기획했다. 그는 1년 동안 하루에 단편소설을 한 편씩 쓰겠다는 목표로 약 360편의 작품을 완성할 계획이었으나, 연극 상연으로 인해 여행이 잦아져 끝내 계획한 바를 이루지 못했다. 결국 15권을 비롯해, 이후에 편집자들이 26편의 단편을 '부록'으로 삽입해 출간한 《1년 동안 읽을 단편 모음집》은 현재까지 많은 독자들에게 사랑을 받고 있다. 이 단편소설들은 각각 독립적인 내용을 담고 있지만, 소설 속 공간에 따라 크게 '시칠리아 이야기'와 '로마 이야기'로 나뉜다. 시칠리아 이야기가 주로 고풍스럽고 토속적인 분위기로 신화적, 미신적인 시칠리아를 그리고 있다면, 로마 이야기는 무명(無名)의 인간에 대한 존재감이나 현대성의 비운을 '부조리'라는 초현실적 기법으로 묘사했다.

이탈리아 영화감독 타비아니 형제의 영화 〈카오스〉(1984)

는 피란델로의《또 다른 아들》《달의 저주》《항아리》《"주여, 저들을 편히 쉬게 하옵소서!"》, 그리고 에필로그로 삽입된《어머니와의 대화》를 각색한 작품이다. 이 책에는 이 다섯 편 외에도, 영화의 인트로이자 각 에피소드의 시작을 알리며 한 편의 영화로 묶어주는 역할인《미차로의 까마귀》와 영화 속〈어머니와의 대화〉의 영감이 된《어느 하루》를 함께 묶었다.

극적인 음악, 아름다운 영상미로 호평과 함께 각광을 받은 영화〈카오스〉는 원작과 다른 부분이 많지만, 작가의 고향인 시칠리아 섬에 대한 애정과 운명에 대항하는 인간의 투쟁이라는 본질적 의미를 잘 담았다.

영화의 중요한 이미지를 형성하는 데 기여한《미차로의 까마귀》는 한 양치기가 절벽 산에서 마을로 데려온 까마귀 이야기다. 그가 방울을 달아주고 풀어준 까마귀는 자유롭게 하늘을 날던 중 농부 치케의 빵을 훔쳐 먹고, 이에 앙심을 품은 치케가 까마귀에게 복수하려다 일어나는 비극적인 이야기다. 이 까마귀가 각 에피소드가 벌어질 공간의 하늘을 차례로 날며 영화의 시작을 알리는 설정은 가히 기발하다고 할 만하다.

1923년 로마 국립극장에서 처음 연극으로 상연된《또 다른 아들》은 피란델로가 늘 애착을 두던 주제 중 하나인 '모성애'를 다룰 뿐 아니라, 1900년대 초 이탈리아 남부 및 시칠리아에서의 해외 이주 현상을 시대 배경으로 삼고 있다.

1913년 〈코리에레 델라 세라〉 신문에 발표된 《달의 저주》는 스스로를 '늑대인간'이라 믿는 농부 바타와 이 사실을 모르고 그와 결혼한 신부 시도라의 이야기다. 당시 시칠리아의 토속적, 미신적 정서와 더불어 비현실적인 상황 속에서 드러나는 인물의 내면을 세밀하게 묘사했다.

1909년 〈코리에레 델라 세라〉 신문에 실린 《항아리》는 1916년 피란델로가 직접 희곡으로 개작한 뒤, 1917년 로마 국립극장에서 첫 상연한 작품이다. 가장 많이 알려진 피란델로의 단편 중 하나인 《항아리》는 수많은 버전으로 연극 무대에 올라갔을 뿐 아니라, 두 편의 영화와 발레극으로도 재현됐다. 항아리를 둘러싸고 벌어지는 지주인 돈 롤로와 땜장이지 디마의 대립은 피란델로가 내세우는 중요한 사상 중 하나인 '상대적 관점'을 내포하고 있고, 이야기 흐름에서 보이는 리얼리즘적 성격을 뛰어넘어 다소 그로테스크한 상황 속에 유머를 가미해 희극과 비극이 융합된 '희비극' 효과를 이뤄냈다.

《진혼곡》으로 더 잘 알려진 라틴어 제목의 작품 《Requiem aeternam dona eis, Domine(주여, 저들을 편히 쉬게 하옵소서)!》는 살고 있는 땅에 죽어서 묻힐 수 없는 농민들이 지주와 관료들에게 항의하나 결국 뜻을 이루지 못한다는 이야기다. 피란델로는 당시 도시와 상반되는 농촌과 그곳에 사는 농민들의 비참한 삶을 이 작품을 통해 잘 드러내고 있다.

피란델로의 후기 작품에 속하는 《어느 하루》는 그만의 초

현실적 상징 기법을 잘 보여준다. 영화 〈카오스〉 속 〈어머니와의 대화〉에서 기차 안에서 잠들어 있다가 자신의 의지와 상관없이 어느 기차역에 내쫓기듯 내리게 되는데, 이 첫 장면을 《어느 하루》에서 가져왔다. 이 작품은 꿈, 정신착란, 환각으로 시공간에서 벗어난 주인공이 하루 동안 경험한 기이한 일들과 순식간에 늙어버린 자신을 발견하는 이야기다. 피란델로는 작품을 통해 불확실함, 꿈, 성공, 좌절 등으로 점철된 자신의 인생을 되돌아보며 인식하지 못할 정도로 많은 것을 변화시키는 세월을 성찰하고 있다.

《등장인물들과의 대화》의 2부라고 할 수 있는 《어머니와의 대화》는 피란델로 자신이 죽은 어머니와 대화를 나누는 내용이다. 어머니의 유년 시절 이야기로 시칠리아 역사의 한 순간을 보여줌과 동시에 '상대적 관점'을 그들의 대화를 통해 전해주고 있다.

"나는 카오스의 아들이다. 비유하는 말이 아니라 실제로 그렇다. 나는 어느 빽빽한 숲 근처에 위치한 시골 마을에서 태어났다. 지르젠티(Girgenti) 주민들은 그곳을 방언으로 '카부수(Càvusu)'라 불렀고, '카부수'는 고대 그리스어로 '카오스(Kaos)'를 의미한다." 피란델로의 이 말을 토대로 타비아니 형제는 영화 제목을 〈카오스〉라 했다. 전쟁, 독재, 통일 운동, 가난을 피해 고향을 떠나 외국으로 갈 수밖에 없었던 현실과 그 가난한 땅에 남아 있던 사람들, 운명에 맞서며 하루하루 살아가지만 끊임없이 좌절할 수밖에 없는 비참한 삶.

시칠리아 섬에서 일어난 이 모든 '혼돈(카오스)' 속에서 방울을 울리며 자유로이 하늘을 나는 미차로 까마귀의 날갯짓은 오래 뇌리에 남는다.

1999년 마르코 벨로키오 감독의 영화 〈유모〉 역시 피란델로의 동명 단편소설을 각색한 작품이다. 제52회 칸 영화제 출품작이기도 한 이 영화는 원작의 서사적 구조를 유지하면서, 단편적으로 묘사된 원작 인물들의 심리적 긴장감을 심층적으로 재현했다는 평가를 받았다. 피란델로는 자신의 갓난 아이를 이웃에게 맡기고 시칠리아에서 로마로 유모살이를 하러 간 안니키아를 통해 사회주의 사상이 막 무르익을 무렵의 이탈리아를 배경으로 위선적인 부르주아 계급과 하층민들 사이의 괴리를 그려내고 있다.

이탈리아의 최초 유성영화인 젠나로 리겔리 감독의 영화 〈사랑의 노래〉는 피란델로의 단편소설 《침묵 속에서》를 각색한 작품이다. 1930년 로마에서 개봉해 대중적 성공을 거둔 〈사랑의 노래〉는 당시 유명 대중가요 작곡가인 체사레 안드레아 빅시오의 영화 주제곡 〈루치아, 너만을 위해〉로도 유명하다. 영화에도 관심이 많았던 피란델로는 자신의 작품이 다소 많은 부분 각색된 것에 서슴없이 유감을 표했지만, 영화 자체의 완성도에 큰 호평을 아끼지 않았다. 영화에서는 아이를 출산하다 죽은 어머니의 아들을 키우게 된 여주인공 루치아가 약혼자를 떠나보내고, 아이의 친아버지가 나타나면서 마침내 둘의 사랑이 결실을 맺는다는 해피엔딩이다.

피란델로 탄생 150주년 기념의 일환으로 기획한 피란델로 단편 선집《어느 하루》는 약 250편의 단편소설 중 영화로 재현된 아홉 편을 선정해 번역한 것이다. 아직 한국에서는 생소한 피란델로와 그의 작품을 이번 기회에 독자들에게 소개하게 돼 기쁘다.

2018년 봄
정경희

어느하루 −피란델로 단편 선집

초판 1쇄 2018년 7월 27일
초판 2쇄 2019년 9월 10일

지은이 | 루이지 피란델로
옮긴이 | 정경희
편 집 | 김보미, 김혜린
디자인 | 이보아
인 쇄 | 갑우 문화사

발행처 | 본북스
발행인 | 정란기
출판등록 | 2015년 9월 9일 (제2015-000208호)
전화 | 02-575-3670
팩스 | 02-575-3666
홈페이지 | www.buonbooks.com
전자우편 | italiabook@naver.com

ISBN 979-11-87401-13-1 03880

* 이 책의 외래어는 국립국어원 이탈리아 표기 원칙에 따랐습니다.
* 책값은 뒤표지에 있습니다.
* 잘못된 책은 구입한 서점에서 교환해 드립니다.